邪道

無限抱擁㊤

川原つばさ

white heart

講談社X文庫

目次

イラストレーション／沖《おき》　麻実也《まみや》

邪道　無限抱擁 上

無限抱擁

その光はまっすぐ雲を突き抜け、地上へと伸びていた。

肉眼では見えない、特別な光である。

――届くまで、もうわずか……。

男は胸の内でつぶやくと、空に浮いたまま光の道を眼《め》を閉じて追う。

悠然と片膝《ひざ》をたてて彼は、ほんのわずかにほほえんでいた。

閉じた眼の代わりをするように、額の御印《みしるし》がきらめきを放つ。


そこは、選ばれた地。

もう一千年もたたずして、『あれ』は生まれる。


「さて。どんな器《うつわ》になっているのやら」

男はそっと眼を開いた。

地上から、ゆるやかな風が銀色の長い髪にたわむれる。

白絹の長衣《ちょうい》に包まれた体軀《たいく》は、気品に満ちて端整な、人間《ひと》でいえば、二十七、八。

風のようにゆるやかで、摑《つか》みどころのない双眸《そうぼう》は髪と同じく銀色だ。

真昼の月のように、不思議におだやかに、そこにいる。

「この地を生かすも、殺すも、あの子次第……」

男は緑と青の美しい世界を、愛《いと》しいものを眺めるように、ゆったりと見つめた。
人間《にんげん》が最近ようやく、可愛《かわい》く思える。
限りある生《せい》を夢中に生きる者達に、やはり知恵は必要だった。
それともこれは、物質の燃えつきる前の運命か。

燃えたら最後、次をはじめなければならない。
また、はじめなければならないのだ。
次を……。

序

人間界と天界《てんかい》の境にある《蒼弓の門《そうきゅうのもん》》は、二つの界の正式な出入り口。

通行には証明書の提示が必要だが、天界南領《なんりょう》の王子、アシュレイ・ロー・ラ・ダイは、左掌《ひだりて》から《斬妖槍《ざんようそう》》を出して見せるだけだ。

斬妖槍は彼が所有する、唯一無二の天界の至宝とも言える武器。

天界随一の名高い武器にふさわしく、持ち主の霊力も壮大だ。

開門されると武器をしまい、無言で雲間へと身を投じる。

南領の出身に多い、燃えるようなストロベリーブロンド。軽く上がった目尻《めじり》と口元には、十七歳《とし》という歳に関係なく、侮辱を受け流せないかたくなな性格がありありと出ている。

なにより印象的なのは、敵味方関係なく睨《にら》むような紅《あか》い瞳《ひとみ》だ。

眼《め》に力がある。寄らば切る！　と言わんばかりに、凍《い》てつく炎が宿っている。

式典以外、軍服にほとんど腕を通さない彼は軽装を好み、魔族が出現したさいも腕や肩をむき出しにしたまま戦う。

格好が元帥《げんすい》らしくないと注意されても、あの眼《め》がすべてはねのける。

彼は側近を連れていないことでも有名だった。自軍の兵は、出動まで放置状態である。

天界の武将は肉体の造りで勝機を逸することはほとんどないが、彼は胸も肩も薄い少年体型で、その瞳《ひとみ》や行動同様に肉体が大人になるのを拒否したがっているようだった。

後ろ姿を見送った番兵が、去りぎわの熱風を顔で受け止め、ぼやいた。

「アシュレイ様は天界でむしゃくしゃすると、すぐ下界に行かれるらしいぞ」

「でもあちらには、滅多《めった》に接触してはいけないはずじゃ？」

番兵になってまだ間もない後輩達に、先輩兵士は訳知り顔で苦笑した。

《天主塔《てんしゅとう》》主催の武術催優勝者は特別だ。アシュレイ様は元服《げんぷく》前から、槍《やり》の部門で負け知らず。下界で魔族を見つけるのも早いから、お目こぼしされてるらしい」

「魔族って、そんなすぐ見つかるものかなぁ」

「さぁて。鼻が利《き》くわけは……大きな声じゃ言えないが、あの冠《かんむり》帽《ぼう》の下の不吉な……」

噂《うわさ》話《ばなし》に花を咲かせようとした兵士の肘《ひじ》を、よせよせ、と別の番兵がつつく。

「それぐらいにしろ。今日は風の流れが速い。耳に届けば、王族の炎で丸焼きだ」

アシュレイは炎を操る炎帝《えんてい》一族の王子。

その身に宿る霊力を具現化した攻撃は、炎に関するものになる。

癇癪《かんしゃく》を起こすと領内の山を一撃で消し飛ばす彼の威力は、父親である現国王をも凌《しの》ぐ。

本人も自分の力は知っている。だから父王に我《わ》が儘《まま》放題、自軍の面倒も見ずフラフラ、というのが兵士の間では通説だった。

「あれで、いつか国王になれるのかねぇ。南の民もさぞや不安だろう」

「南には、しっかり者のお姫様もいるからな。女だてらに元帥《げんすい》殿だし。あの方が跡を継がれるんじゃ？」

姉のグラインダーズの話題になると、男達の口元がだらしなく広がる。

雲に隠れて聞いていたアシュレイは唇を嚙《か》んだが、頭上に振りかざした右手を彼らに投げつけ……ようとしてやめた。

これ以上は卑屈になりそうで、今度こそ下界に向かう。

「国王なんざなるかっ！　次の王は姉上だ！」

二年前に元服《げんぷく》を受けて軍に入隊したが、飾りもののような元帥職には五日で飽きた。天蓋《てんがい》つきの輿《こし》の上から軍を指揮する訓練では、あまりに暇で寝てしまったほどだ。

軍人は武力を磨くべきという考えを強く押し出したアシュレイは、昔から得意な魔族狩りに積極的に取り組んでいるが、部下達もうんざりしているはずだった。

大人数で動くより小隊のほうが素早く動ける。

そう提案しても、魔族には数で対抗するべきだという意見を下げない新しい副官とは、ぶつかってばかりの毎日だ。

「あいつらの飛ぶのが遅いせいだろーがっ！　魔族より速く走って逃げろってんだ！」

駿足《しゅんそく》でアシュレイが気に入っていた副官候補も以前はいたが、今はもういない。魔族に殺されてしまった。だから、少人数で魔族とかち合うときのことを、兵士達が恐れる気持ちも、わからなくはないけれど……。

「クソジジイ――！　何度も同じ小言で呼びつけんなっ」

安全を確かめるために指揮官がまっさきに飛んでいくなど言語道断だと、父王はアシュレイをもう何度も怒鳴りつけている。

でも足の遅い奴《やつ》に合わせていたら魔族を取り逃がしてしまう。それでは意味がない。

イライラと、アシュレイは東領《とうりょう》の桂花《けいか》の顔を思い浮かべた。

桂花は魔族なのに天界人に仕えている変わり種で、東の軍隊に所属している。

その彼よりもアシュレイの部下達は飛ぶのが遅かったのだ。屈辱だった。

一昨日のあの記憶は、根が負けず嫌いのアシュレイにはしばらく忘れられそうにない。

もういっそ、このまま人間の世界にまぎれてしまいたい……。そう思ったが、その大嫌いな桂花の言葉が頭の中に響きわたった。

『柢王《ていおう》が死んだら、必ずおまえを殺しに行く。必ずだ！』

隣の国、東領の天界警備軍とは、これまでも小さな争いが絶えないが、今度はやりすぎたとアシュレイも気にしていた。

幼なじみの柢王――蒼龍王《そうりゅうおう》の三男の危篤の噂《うわさ》は、今や天界中を駆け巡っている。今朝の情報では、未《いま》だ意識が戻らないと。

このまま人間界にいれば、まるで逃亡したみたいだ。それはプライドが許さなかった。

東領から柢王達が追ってきた魔族を、南領の境界線で待ちぶせていたアシュレイが渡すよう言っても、柢王と彼の配下は突っぱねた。

自国に侵入されれば、腕ずくでの勝負に出るのは当然のこと。

追いこんだ獲物をアシュレイにまかせなかった柢王も柢王なら、その場を譲らなかったアシュレイもアシュレイだった。

昨日からの《天主塔》の再三の呼び出しは、そのことに決まっている。

東の王子と、南の王子のいざこざで起きた不祥事。

肝心の魔族には逃げられ、ほかにも兵士を負傷させた責任を追及されるのは明白。

「クソ親父《おやじ》に怒鳴られ、東や天主塔からも責められるってか！　はっ、冗談じゃねぇっ」

座っていた大木にしがみついて叫んだとたん、鳥達が一斉に空にはばたく。

「武将同士の一騎打ちに、口はさむんじゃねーっ！」

二年前まで天主塔の代表は閻魔《えんま》大王だったが、今は守護主天《しゅごしゅてん》が正式に継いだ。

彼も元服《げんぷく》を受けたからだ。

守護主天は閻魔《えんま》のひとり息子で、普段は《守天様《しゅてんさま》》と呼ばれている。

天界中央にある天主塔に住み、東西南北に散る四天王《してんのう》を配下に置く彼は、天界ではまぎれもなく頂点の存在だ。

アシュレイも父の配下で元帥《げんすい》の任に就《つ》いている以上、彼はアシュレイの上司に当たる。

それが気に入らない。身長だって変わらないのに、いつも見下ろされている気がする。

「なーんであいつに、叱《しか》られなきゃなんねぇんだよっっ」

空に向かってガッと息を吐くと、白い炎が揺らめいて溶けた。

三つのときから塾で一緒に十二年学んだとはいえ、もともと身分も立場も違う者同士。

そう自分に言い聞かせても、今や目を見て話すだけでムカついた。

「あんなとこ、ほいほい行きたくねーのに呼び出しやがってっ」

アシュレイの座っていた古い木蓮《もくれん》の木は蕾《つぼみ》をつけたばかりのようだ。

下界の春はまだ少し先。

城を飛び出してきたとき、天界は朝だったが、もともと天界と人間界は時間の進み方が違うし、蒼弓の門周辺から時間軸《じく》は曖昧《あいまい》となる。

人間界での約百日が、天界ではわずか一日。

アシュレイがこちらに約三か月いても、たった一日しか天界の時間は動かない。

とはいえ、さすがにこれ以上問題を起こすのはまずいと、そろそろ天主塔に行く決心をしたとき。

風が動いた。アシュレイの肌に冷気が疾《はし》る。

のどかな景色は変わらないが、今のは自然の風ではない。

「出てこい！　姿を見せろ！」

吼《ほ》えて周囲に熱風を生んだと同時に、斬妖槍《ざんようそう》を左手に摑《つか》んでいた。

アシュレイは枝から飛び、鋭い矢のように一直線に空へと上がった。

上に気配がないのを知って急降下する。次に気配を感じたとき、頭で考えるよりも先に槍《やり》を大振りしていた。手応《てごた》えはなかった。

なのに、正面十歩の空中に突如として実体が現れる。

人間の数えで、三十路《みそじ》というところか。男の姿《なり》をしているが、天界人とも魔族ともつかない《気脈《きみゃく》》だった。

濃厚な霊気。自然の気が凝縮したかのような莫大《ばくだい》な力が、光の渦となり廻《まわ》っている。

そこに姿はあっても、男は完全に気配を殺していた。

闇色《やみいろ》のまっすぐな髪が腰のそばで揺れているだけだ。アシュレイをじっと見つめたまま首を傾《かし》げ、涼しいまなざしが、さぐるように揺らめく。

衣装はひらひらした装飾物。宴《うたげ》の最中を抜けてきたようだった。身なりで貴族階級とわかる、戦う素振りのない、風流ないでたち。

なにより驚いたのは、男の額の《御印《みしるし》》だった。

天界でそれを持つのは、守天と閻魔《えんま》だけと聞いていたのに。

どこから見ても大人の体格を持った美丈夫《びじょうふ》は、槍先《やりさき》だけでなく、複雑な造形の鎌《かま》の刃を持つ斬妖槍《ざんようそう》を、興味深く見つめていた。

「……その武器、人間《ひと》の子ではないな。天界の武将か」

天界人の言葉だが、たどたどしい。唇があまり動いていない気もする。

「南領、炎帝王が配下！　アシュレイ・ロー・ラ・ダイ！　てめぇ、魔族か！」

「魔族ではない」

まばたきひとつする間《ま》にもう、腕が届くほど距離を詰められた。

アシュレイは吐く息を炎に変えて背後に退《ひ》いたが、やすやすと男は火を避《よ》けた。アシュレイの座っていた木蓮《もくれん》の枝にふわりと止まり、からかうように目を細めている。

「月《つき》の宮《みや》。広寒《こうかん》宮《きゅう》から参った」

「月の宮？　広寒宮？」

アシュレイは眉《まゆ》をひそめる。そんな城も場所も、聞いたことがない。

ゆったりとした袖口《そでぐち》に隠れていた白くて長い指が、さらりと黒髪を掻《か》き上《あ》げ、優雅に腕を組む。

「いかにも。今宵は月食……。宮の方々の目をかすめてな。月の花々は、おとなしすぎる。散りゆく花の激情で、我が心、わずかなりとも動かぬものかと……」

「もっとわかるように言え！」

赤い髪を振り乱してわめくと、男はくすくす笑った。

「魔族でないなら切りはしない。身元の確認をさせていただく。天主塔に連行する！」

苦笑を含んだ瞳《ひとみ》で顎《あご》を撫《な》でた美丈夫《びじょうふ》は、よかろう……とうなずく。

「天主塔には守護主天がいるな。そなたに捕まってやろう」

こいつを連行するなら、守天の前に『ついで』に顔を出すだけですむ。

槍《やり》の柄《え》に巻かれていた布がするするとほどけ、男の身体《からだ》に巻きついていく。驚くよりも、わくわくしている顔に、アシュレイは厳しく教えた。

「縛妖索《ばくようさく》は、縛りつける呪文《じゅもん》が埋めこまれている。少しでも抵抗したら窒息するからな」

「逃げはせぬよ」

鼓膜をくすぐるような男の声で、全身に甘い寒けが走ったが、天主塔に赴く理由ができたことに、アシュレイはほっとしていた。

一

「……月《つき》の宮《みや》か。まさか、こんな日が来るとはな」

至急の呼び出しを思い切り無視して現れたアシュレイを、苦いつぶやきで守護主天《しゅごしゅてん》ティアランディアは迎えた。

天界《てんかい》を統括し、人間界を見守る守護主天――守天《しゅてん》の光り輝く美貌《びぼう》は、アシュレイが連行した人物のせいで曇っていた。

天界一の花と詠《うた》われる美貌の彼は、アシュレイと同じ十七歳。

守護主天という大任は、額に御印《みしるし》を持って生まれた者の運命であり、ティアランディアは四歳になるともう、父の監督のもと、この天主塔《てんしゅとう》で執務《しつむ》に就《つ》いていた。

なにかにつけ「守天様はできるのにあなたは」……と比較されてアシュレイは育った。守天は身分を盾にとったりせず、四天王《してんのう》や目上の者への礼もかかさない。文官達の手を焼かせるような我《わ》が儘《まま》も滅多《めった》に言わない。

品行方正で冷静で、優秀な頭脳と旺盛《おうせい》な探求心も幼少の頃から目を見張るものがあり、若くして立派に、天主塔の主《あるじ》としての威厳に溢《あふ》れている。

でもアシュレイは、彼のそんなところが気にくわない。

ここは守天の《執務室》。

人払いをされているので、今は二人きりだった。

守天は一日の大半をここで過ごし、提出された書類に目を通して署名し、天界と人間界の平和を見守るのを仕事としている。

「お怪我《けが》を負わせず、幸いだった。縛妖索《ばくようさく》など、あの方には無意味だ」

彼の顔を見たくなくて、アシュレイはわざと目線をはずしている。

声は耳に入っているが、魔族への訴えをしたためた書状や人間界からの報告書が山と積まれた卓上を見ていた。

いつ見ても、胸やけを起こしそうな書類の山だ。

その紙の山のむこうから、ゆっくりと守天が近づいてくる。

机の後ろにある巨大な鏡《遠見鏡《えんみきょう》》には、連行した男が別室でおとなしく椅子《いす》に座っている姿が映し出されている。

遠見鏡は守天の額の御印《みしるし》に反応して、人間界・天界のどんな場所でも映し出せる鏡。これがあるから守天は、天主塔から出ていかなくてもいろいろと調べられるのだった。

「あの方は《最上界《さいじょうかい》》の住人だ。《三界主天《さんかいしゅてん》》様の奥方に、ゆかりの方のようだ」

その答えは、アシュレイの想像をはるかに超えていた。

《三界主天》とは、すべての世界を構築した神の名。姿を見た者はこの世におらず、神話の域を出ないほど遠い存在だった。

だが目の前には、その三界主天に任を与えられた存在が、実際に立っている。

額の《御印《みしるし》》は、《三界主天》に授けられたさまざまな力を発する神秘。

これは、あらゆる場所を映す、遠見鏡《えんみきょう》を操る力の源《みなもと》。

手をかざすだけで《手光《しゅこう》》を発する。それは怪我《けが》や病気を治癒させ、汚水すら《聖水《せいすい》》に変える。

聖水は魔を払う聖なる水。飲めば、死に至る病でないかぎり完治していく。

守天の《結界《けっかい》》は天界随一。王族の四天王が束になっても守天の結界は破れない。

天界に、なくてはならない尊い存在――。それが守護主天なのだ。

「あの御印は本物だ。おまえは、とんでもない方をお連れしたことになる」

「ハッ！　似たような御印でも、てめぇとは格が違うってことか」

その挑発に守天の眉《まゆ》はかすかに動いたが、アシュレイとは違い、声の調子は変わらない。

「『月食』を狙《ねら》われたというなら、お尋ねするまでもなくおしのびだろう。月の宮では今頃、大変な騒ぎとなっているはず。ずいぶんと奔放な方だ……」

「そんな話、俺には関係ない。身元がはっきりしたなら、これで行く」

アシュレイが背を向けた瞬間、待て！　と厳しい声がかかる。

温厚な守天には珍しい、大きな声だった。

「まったく。いつまでも呼び出しに応じないで。本題はこれからだ。二日前の、柢王《ていおう》との一件を釈明してもらおう」

「釈明？」

強気な声が振り返る。嫌みをたっぷりこめた瞳《ひとみ》で。

わざと丁寧な口調でアシュレイは返した。

「私が悪いことはひとつもございません。東の者どもが国境を越えて、南で魔族狩りをしたのです。……おまえの大好きな《綱紀《こうき》》を破ってな。責める相手を間違えてないか？」

正論だった。天界では、他国で闘ってはならないという綱紀——天令——がある。

守天は眉《まゆ》をひそめると、用意しておいた言葉を口にする。

「柢王だから死なずにすんだ」

アシュレイはぎくりとしたが、いつものように眼《め》に力をこめて傲岸《ごうがん》に言い放つ。

「王族はただの兵士とは霊力が違う！　あいつが死ぬもんか！」

まさか柢王ほどの者が、あの状況で技を正面から受けるなんて考えてもみなかったから、アシュレイは桂花《けいか》に一歩出遅れた。

柢王が倒れたあと、桂花の迅速な指示で動きはじめた東領《とうりょう》の兵士達にも、自分が運ぶのが一番早いと言えなかった。

約二年前だ、桂花が来たのは。それまで自分と柢王は、もっとうまくやれていたのに……。

(魔族なんて大キライだ！　いつか抹殺してやる！)

苛立《いらだ》ちからくる震えを抑えるので精一杯な身体《からだ》に、守天は一歩近づく。

「東から訴えがきている。今日にも正式に、おまえの国に責任を問う勢いだ」

「国は関係ないっ！　あれは俺の……」

「おまえは南領《なんりょう》の十二元帥《じゅうにげんすい》のひとり。個人の責ではすまされない。東南の重鎮達の前に引き出され、追及される。どう答える気だ」

「俺は悪くない！　どこにだって出てやるっ！　正しいのは俺だ！」

距離を詰められただけで興奮した眼《め》は血走って、守天をさらに睨《にら》みつけた。

荒れて荒れきった眼。

だがその瞳《ひとみ》には、かすかな脅《おび》えも含まれている。

これで王位継承権剝奪《はくだつ》となればバンザイだったが、負けたら元帥の任を剝奪されるだけだ。そろそろ重い刑罰に処されそうだし、そうなる前に帝王学を父の隣で積めと、迫られるに決まっていた。

だから絶対に負けられない。

そう思っていてもアシュレイは、目の前のたったひとりに追いつめられた気分だった。

自分は正しいことをしたはずなのに、守天の言葉に、誇りを踏みにじられる気がした。彼が言葉を発するたび、呪文《じゅもん》で胸を突き飛ばされているような痛みが。

「……隣の部屋に桂花がいる。私が立ち会う。話すがいい」

この部屋が血に染まってもいいんだな、と言うように、フッとアシュレイの口の端が持ち上がる。柢王がそばにいないなら、好都合だ。

魔族相手に対等に相手をしてやる気など、はなからないと一瞥《いちべつ》した。

「警告したのに奴《やつ》らは境界を越えた。俺は魔族を狙《ねら》っただけだ！　それで犠牲になっても文句言うなっ！　そういうもんだろ！」

怒気はどんどん荒くなる。

またしても守天は、そんな彼を冷静に否定した。

「おまえも、領空侵犯の常習犯だ。天界中が知っている。その言い訳は通じない」

「でも俺は訴えたことなんてないっ！」

落ち着け、と肩に伸びてきた守天の手を、乱暴に払おうとしたアシュレイの手は無意識に守天を攻撃しそうになった。とたん、目に見えない結界に阻《はば》まれる。

守天の《守護結界》だった。

アシュレイは息を呑《の》む。自分達の立場を、改めて確認させられる思いがした。

そのとき、扉の外から元気のいい声が来訪を告げる。

「蒼龍王《そうりゅうおう》が配下、柢王元帥《げんすい》！　入る！」

　左腕を肩から白い布で吊《つ》った痛々しい姿の柢王が、白い軍服姿で入ってくる。

　鍛えられた身体《からだ》がムチのようにしなやかな黒髪の青年は、アシュレイより背が高い。

　守天にとってもアシュレイにも二歳年上の幼なじみは、乱暴に刈った黒髪に櫛《くし》を入れることもしなければ、軍服を素肌にひっかけるだけで正しく着衣しないことが多いため、アシュレイ同様、元帥らしくないと、東の貴族達の中には陰口を叩《たた》く者もいる。

　だが、灼《や》けた肌と親しみのこもった黒い瞳《ひとみ》は温かみがあり、東領三兄弟の中で、もっとも庶民人気は高い。

「よっ！　ティア、アシュレイ。戦争になっちまう前に起きてきたぜ」

　後ろに従っていた桂花は、名状しがたい厳しい顔つきだった。

　桂花は魔族なので、天界での正式な役職はない。

　身分は柢王の側近……とはいえ実質上の副官といっていい。柢王には副官がいないので、桂花は豊富な知識と、きれる頭で陰の参謀役も担《にな》っている。

　見る者の官能を刺激する美貌《びぼう》だが、柢王より頭半分高い場所から見下ろす視線は、同時に凄《すご》みにも満ちている。その瞳が、まっすぐアシュレイを睨《にら》みつけた。

　目には目を。アシュレイも闘志を噴き出して返す。

　桂花のような魔族は、天界では《人型《ひとがた》》と分類されている。

紫微色《しびいろ》の肌に、美しい刺青《いれずみ》を生まれつき持つ桂花は、色素の抜けた髪と紫《むらさき》水晶のような瞳《ひとみ》が印象的な美しい魔族の男。前髪に、赤い尾羽根のような一房を持つ。

人型についての研究はなかなか進まないが、彼らは独特の妖《あや》しい美を放ち、植物の樹液のように白や緑の血液が体内に流れている。

天界人とは、風習や言語、寿命に至るまで、なにもかもがまったく違う生き物。

心臓の役割部分を、彼らは《核《かく》》と呼び、そこで鼓動を刻む。死後の魂は霊界に戻らないし、自由を愛し、縛《しば》られることを嫌悪《けんお》する性質《たち》から、天界のような統治国家はない……

というところまではわかっていた。

桂花は昔、天界人の言語を覚えたから会話ができる。

「この間は楽しかったなー、アシュレイ」

「柢王、歩くのも辛《つら》いはずだ。自力で空も飛べないくせに、なぜ来たんです」

顔をこわばらせた桂花が、柢王の背を支えた。

「もう平気、平気。使《つか》い女《め》どもがうるさいから、輿《こし》を使っただけさ」

「やせ我慢もほどほどに。痛み止めはもう切れているか、そろそろ切れます。吾《わたし》の作った薬だ。ごまかしても無駄です」

天主塔の兵士が運んできた椅子《いす》に、桂花は問答無用で柢王を座らせる。

守天も柢王の怪我《けが》していないほうの手をとり、両手で包みこんだ。

「今日も意識が戻らなければ、駆けつけるつもりだったよ。まだ顔色が悪いな」

「桂花の包帯の巻き方が、きついだけだって」

「寝台でおとなしく吾《わたし》を見送ったかと思えば、これだ！　まさか追いかけてくるなんて。縛りつけるか、薬で眠らせるべきでした！」

その怒号に柢王が肩をすくめる。少し離れた場所にいたアシュレイにも、困ったような笑顔を向けると、寄り添って立っている相棒を見上げ、苦笑を声ににじませた。

「過保護すぎるっての、おまえ」

「どこが過保護です⁉　あなたの霊力が並外れて高いからって、こんなことはもうこりごりだ！　人間には神と呼ばれても、しょせん生身なんだともっと自覚しなさい！」

「そうだよ柢王。……アシュレイもだ」

会話に参加していない彼を振り返り、守天は神妙な声でいさめる。

「天界を荒らす魔族を討伐するのは天界警護の重要な仕事。だが今回は二人とも、熱が入りすぎた。協力も大事なことだ。どちらが捕らえたなどと功績は……」

「俺はべつに、手柄が欲しいわけじゃねぇ。わかったふうな口きくの、やめてくんねぇ？守天サマ」

つきあってられるかと扉を向いたアシュレイを柢王は呼び止め、立ち上がろうとした。

「違うだろ！　アシュレイ。ティアはそんなつもりじゃ……」

桂花はすかさず、柢王の怪我《けが》していないほうの肩を押さえつけて座らせる。そのまま、皮肉とわかる微笑を浮かべ、わざとみんなに聞こえる声で柢王に耳打ちした。

「いいじゃないですか。南の跡継ぎは、しょせん子供なんですよ」

カッとして振り返ったアシュレイが、大股《おおまた》で戻ってくる。

「なんだと！　てめぇっ」

「やめないか！」

桂花に嚙《か》みつかんばかりのアシュレイの身体《からだ》の前に、守天が飛び出して手を広げた。

「どけっ！　そいつと一緒にブッた切るぞ！」

「この部屋では武器も出せないし霊力は使えない。そのように結界を組んだ」

「武器なんざっ！」

素手で桂花の細首ぐらい折れる！

だが飛びかかろうと床を蹴《け》ったとたん、アシュレイの全身は見えない壁にぶち当たり、左右に動いても球体の中を動き回ることしかできなくなっていた。

守天の《結界膜《けっかいまく》》に捕りこまれたのだ。

一緒に球体の中にいる守天を振り返り、猛《たけ》り狂《くる》った怒声を響かせる。

「なにしやがるっ！　この野郎っっ」

「桂花、すまないが日を改めてもらえるか。今日は話にならないようだ」

球体の外と中は、透明な膜一枚で分けられているだけなので、互いの姿も見えていれば声も聞こえていた。

「そのほうがいいようですね」

「待てっ！　俺があのとき攻撃したのは、俺に薬まで使って、おまえらが無理やりうちに入ってきたからじゃねーかっ」

必死な形相で球体内を叩《たた》くアシュレイは、嘘《うそ》を言っている瞳《ひとみ》ではなかった。

「どういうことだ。桂花」

守天は、いぶかしげに尋《き》く。

柢王側に、やり合うつもりがなかったとしても、わざと薬をまいたというのなら、東領のやり方にも強引な部分が浮上してくることになる。

「南に入る前から吾《わたし》達の攻撃は始まっていました。あの魔族は、地中にもぐればいつでも逃げられる植物種。柢王が幹《みき》を切り落とし、切り口から吾が風で、しびれ薬を送りこみ、動きを鈍らせて捕獲する作戦でした。しかし南の方《かた》は、あれを燃やそうとしたんです」

そのとおりと柢王もうなずく。守天は吟味する目で呟《つぶや》いた。

「……なるほど」

「俺のところまで流れてきた！　絶対わざとだ！」

「風下にいたのは、そちらの勝手」

桂花は言い捨てると、アシュレイから視線をはずす。

「吾《わたし》が薬を使ったのは東の領内だ」

証人その一、と柢王が怪我《けが》した手を振ると、キッ！　と桂花は柢王を振り返った。おとなしくしてろと目で制す。

「ま、あの薬が効きすぎたせいで手元が狂ったってんなら、うちにも責任あるわけで」

「柢王。そこまでして庇《かば》うことですか？」

球体の中、アシュレイが白い炎を全身から噴き出さんばかりに拳《こぶし》を叩《たた》きつけている外では、桂花も怒気の温度を下げていた。絶対零度に向かって。

桂花の口調は常に丁寧なので、慣れない者は感情の流れに気づくのが遅れるが、さすがに柢王は心得ている。

他者を絡《から》ませる気などない、この凍りつきそうな空気の、真の意味も。

「悪かった」

あっさりと柢王は謝罪する。桂花は目礼したが、すぐまたアシュレイに刃《やいば》のような視線を向けた。

「甘やかされて育った、典型的な王子様だ。無理を押してやってきた親友に感謝の言葉もないとはね。よくわかりましたよ、天界人の身勝手さがね。でも次に吾の柢王に手をかけたら、今度こそ許さない」

アシュレイは狂ったように結界の壁を殴っている。

守天の胸ぐらを摑《つか》み、本人を気絶させようと実力行使にまで出た。だが守天が気絶しても、この結界はしばらくは解けない。

「出せっ！　魔族の味方する気かっ」

こうなると柢王は、口をはさまないほうがいいと早々に悟った。絶対零度の桂花には逆らいたくない。傍観を決めこみ、椅子《いす》の背にもたれかかる。

戦線離脱した柢王に、守天は助けを求めた。

「……うわっ！　痛……や、やめなさいアシュ……っ！　て、柢王！　見てないで桂花を連れていってくれ！　も、もう限界だ！」

結界膜の中から悲惨な声があがる。

守天の結界は強力だが、一緒に中に入っていれば別だ。今や守天の衣は、びりびりに裂かれ、わずかな布で素肌が覆われているだけだった。

「さすがのおまえも、結界の中で二重結界は敷けないか。ティア」

白磁のような、すべらかで傷ひとつなかった皮膚のあちこちに、ひっかき傷だの打ち身の痕《あと》が、くっきりと浮いている。

「ンのっ、まだ抵抗するかっ」

アシュレイは守天の上衣を摑《つか》み上《あ》げ、持ち上げて揺さぶった。ぎらぎらと光る瞳《ひとみ》で。

焼き殺す！　と桂花を振り返った眼《め》が訴えていた。

「あーあ。おまえホント、アシュレイには甘いよな、ティア」

柢王はひとりで棚の上に登った状態なので、のほほんと呆《あき》れて苦笑するだけだ。

「どこがっ！　結界で監禁されたこの状況の、どこが甘いって⁉」

「わかってないのはおまえだろ。少しはティアの立場も考えてやれや。俺達じゃなきゃ、元帥《げんすい》同士のドンパチは国家レベル問題だぞ」

柢王は溜《た》め息《いき》をつくと、そっと包帯の上から胸を撫《な》でる。

「柢王……っ、こんなときぐらい自分の身体《からだ》を労《いたわ》ってくれ……っ」

両手でアシュレイの手首をググッと押し返しつつ、必死の形相で守天は声を返す。

柢王の怪我《けが》は動ける程度だったと、今日にも天界全土に広まるだろう。

最初から守天は、最高権力にものを言わせ、双方共に処分なしにするつもりだったが、問題は桂花の心情と、アシュレイの宥《なだ》め方《かた》だった。

柢王もそれがわかっていたから、無理を押して来てくれたのだ。それに桂花がアシュレイとこうなることも見越していたのだろうと、守天は幼なじみに感謝した。

桂花もうすうす、守天の判決は予想していた。

「……あなたがここに来たことは、今日にも天界中に広まるでしょうね」

寂しさを押し隠す、疲れた声。

　柾王が、まじめな顔で桂花を振り返る。

「守天殿はあなたの怪我《けが》を、幼なじみのふざけ合いというかたちで押し切るつもりです」

　柾王は首を絞めたくなるほどそっけない合図で、許せと片目をつむった。

　こんな甘えを、惚《ほ》れた弱みで許してやるしかない自分が桂花は腹立たしかった。

　柾王が望めばアシュレイを病気に見せかけ、毒殺することも自分はいとわないのに。

「あなたも同じ気持ちなんですね……。帰りましょうか。歩けるなら、兵舎に顔出ししてください。みんな心配してます」

「ああ」

　強がる柾王の身体《からだ》を支えて立たせたものの、桂花の指先にわずかに力がこもる。許す心はあっても、今回の決定に対する不満は、あっさり流せるものではなかった。

　かすかな呻《うめ》き声《ごえ》があがると、桂花はますますやるせなくなる。

　やはり柾王の痛み止めは切れていたのだ。

「やっぱり……。薬が切れても、守天殿とサルのために起きてきたんだ」

「おまえも心配だった」

　人前で拗《す》ねる桂花など滅多《めった》に見られるものではない。柾王は痛みも忘れ、色素の抜けた髪に指をもぐらせようとする。

「俺の手元は狂ってない！」

　祇王が桂花を宥《なだ》めていてもおかまいなしで、アシュレイは牙《きば》をむく。

「魔族を攻撃したところに、おまえがわざと飛び出したんだっ！　ごまかすなっ」

「怒鳴るなよ。傷に響く。俺はともかく、おまえは次代の南の王だろ。そろそろ世間の目ってのを上手《うま》くかわすのも覚えろよ」

「話をそらすなっ!!」

「おまえの行動は昔っから目立つ。世間が常に注目してる。……意味わかるな？」

　桂花にはわからないよう、わざと言葉を濁した祇王の気づかい。

　それは、天界の七不思議であるアシュレイの肉体の一部を指していた。

　遠くにいってしまったと思っていた、親友のやさしさ。

　唇を噛《か》み、目を伏せたアシュレイに祇王は穏やかに続ける。

「ティアはやさしい奴《やつ》だから、こんなことおまえに言わないだろ。だから自分で気をつけな。ところで調書、文官にとらせなくていいのか？」

　ズタボロの守天は、いいからと祇王に退出をうながす。

「あとで私が作成しておく。ゆっくり休んでくれ。桂花に聖水を渡しておいた」

「おちおち寝てらんねーよ。親父《おやじ》の城だぜ」

　祇王は桂花と二人きりの、悠々自適な生活に慣れてしまっている。城の使《つか》い女《め》が争って世話をしたがるのは億劫《おっくう》でたまらないのだ。

「しばらくは蓋天城《がいてんじょう》で静養か」

「ああ。親父《おやじ》の……っつーか、母上の命令だとさ」

じゃあな、と柢王は扉に向かった。自分の親友に、当然のように従う桂花が憎らしくて、アシュレイは悔しまぎれに叫ぶ。

「魔族野郎！　今日中に、てめぇをブッ殺しに行くからな！」

高い霊力を持つ者は姿を消して行動できる。こんな場所で口にしたことは、彼なら死んでも貫きそうで、さすがに桂花の表情も曇る。


「気にすんな」

執務室を出てからも、気にして振り返っている桂花の手を、柢王は引いた。

「口だけだ。俺の大切なものぐらい、あいつもわかってる」

「……気を回す相手がたくさんいて大変ですね」

親友を庇《かば》っているのか、こちらを慰めたいのか。

どちらにもとれる柢王の言葉に、桂花は皮肉を返す。

あいかわらず厳しくはりつめた、紫水晶の瞳《ひとみ》で。

「あなた、本当は器用なんですよね。その調子で、たまった書類処理も頼みます」

「なんだ。嫉《や》いてんのか」

「呆《あき》れているだけです」

うっとうしげに髪を払った桂花は距離をとり、摑《つか》まれていた手をさりげなく払う。今はこの男の甘えをべったり受け止める気分になれなかった。

秪王は、意志で下げていた怪我《けが》の熱が、だんだんと上がっていることに気づいた。それでも指に桂花の長い髪を巻きつけ、つんとひっぱってほほえむ。

「すげぇな。おまえの薬のおかげで痛み止め切れても動けるんだろうな。聖水なんかなくても、すぐ全快だな」

「今は褒《ほ》めても駄目です。吾《わたし》は怒っていますから」

危険な方法をあえてとった彼が目を開け、命の糸が繋《つな》がったと安堵《あんど》するまで、自分も生きた心地がしなかったこと。その間はアシュレイへの恨みですら、頭から消し飛んでいたことを思い出し、桂花はうつむいて涙ぐむ。

「いいかげん、許してくれよ~。身体《からだ》沸騰しそう。……肩貸して。なぁ……」

「熱が出てきたんですか？　何度死にかければ気がすむんです⁉」

今回の怪我は、肩から左腕と、左胸から腹までだ。

これでは背負えないので、桂花は抱き上げようとしたが、秪王は断固として抵抗したので、怪我していない腕を肩に回し、支えて歩くしかなかった。

天主塔の廊下は長い。外に出るまで、かなりの距離がある。

柢王用に調合した痛み止めを携帯しておけばよかったと、桂花は後悔していた。

「……あなたの隣は、生きた心地がしません」

「でも刺激的だろ」

魔族は刺激を求める生き物らしい。それならまだ俺に飽きていないだろう？　と、朦朧《もうろう》としかかった声が、ちゃかしてつぶやく。

これまで生きてきて、一番不思議で一番自然な愛《いと》しさが、桂花の内にこみ上げてくるのはこんなときだ。

熱のどんどん上がる身体《からだ》に桂花は聖水を飲ませた。

それでどうにか柢王は廊下を歩ききることができ、自分の足で、輿《こし》のある場所まで戻ったのである。

＊

ふたたび、二人きりとなった執務室。

結界膜の中で、アシュレイは歯ぎしりした。

桂花を殺すには、ここから出るしかない。最強の結界膜とはいえ、自分の力で同じ場所を叩《たた》けばいつかは……と心によぎったとき、まるで心を読んだように守天が言った。

「無理だ。絶対に壊せない」

彼はアシュレイに打撃をくらった自身の身体《からだ》に、手光《しゅこう》を当てて治していた。

ぎくりとして拳《て》の動きの止まった身体に、呆《あき》れた声が、たたみかけるように続ける。

「結界は運動の力で作るものではない。習っただろう、塾で。火山を一瞬で消滅させるおまえでも、できないものはできない。諦《あきら》めろ」

「魔族の味方する奴《やつ》と、話すことなんかない！」

「桂花は魔族だが、心から柢王を大切にしてる。いいかげん認めて……」

「黙れっ！　てめぇとは仕事だから会ってんだ！　よけいなこと言うな！」

結界を組むには、誰にも知られない呪文《じゅもん》と、霊力を一部切り離せるコツも必要だ。

さらに慣れた場だと、もっと効果を発した。

ここは守天の執務室。彼にとっては、目をつむっていても歩ける場所。

つまり天主塔にいるかぎり、万に一つもアシュレイに勝ち目はないということだった。

力を否定されるのはアシュレイにとって、全人格を否定されることと同じである。

言いたいことなど、胸にうずまく十分の一も吐き出せていない。

説明は苦手だ、昔から。

（こいつはそれを知ってて、こんな……っ。こんなふうに俺を閉じこめて！）

悔しさと苦しさが、ないまぜになってアシュレイの胸の内で猛《たけ》り狂《くる》う。

「俺は魔族が嫌いなんだ！　元帥《げんすい》だから殺すんじゃやねぇ！　気に入らねーんだ！　てめぇに邪魔する権限はない！」

「権限ならある。天主塔で、一か月の謹慎を命じる」

「お、俺だけ⁉」

それは王族には、かなりな不名誉だ。さすがのアシュレイも脱力しそうになる。

「これ以上の殺傷ざたは困る。私でも庇《かば》えないぞ」

「誰が庇ってくれって頼んだっ」

アシュレイは裂けた守天の衣に手を伸ばし、バシバシッ！　と左右の頰《ほお》を張り飛ばす。がしがし肩も揺さぶった。蹴《け》りも数発、たまらない！

「やめろ！　命令だぞ、アシュレイ！」

「るせぇっ！　出せ畜生っ！　ウワァァ――ッ！」

執務室の扉の外では、室内を心配する者達が集まっていた。

彼らのざわめきがさらに広がったとき、守天のかけていた扉の結界が突然はじける。

扉は静かに開かれた。

そこにいたのは、高貴な出自を思わせる、秀《ひい》でた白い額の男。

闇色《やみいろ》のまっすぐな髪を降りかからせた長身が、ぱらりと髪を広い肩に払う。暗く蒼黒《あおぐろ》い双眼が、おやおやと呆《あき》れて細まった。

ずたぼろな衣の前を掻《か》き合《あ》わせた守天が、急いで跪《ひざまず》く。

殴るタイミングをはずされたアシュレイは体勢を崩してつんのめった。

「だあっ！」

前を向いたままアシュレイを手で支え、守天は男に頭《こうべ》を垂れる。

「お待たせして、申し訳ございません」

「室内で手負いの猪《いのしし》を狩っているかと思いきや。結界など解いてやればいいものを」

守天は恐縮しつつ、困惑した声を返す。

「この者は本日より謹慎の身。今結界を解けば、私では手がつけられませぬ」

「いいから。解いておやり」

長身の美丈夫《びじょうふ》がほほえむと、右手に薄蒼《うすあお》い光が浮かび上がった。

とまどいながら守天が結界を解く。

檻《おり》の圧力から解放されたとたん、アシュレイは目にも留まらぬ速さで男神《だんしん》の脇《わき》を抜けた。

だが扉に手をかけた瞬間、蒼い光がその背を直撃した。

「わっ！」

頭から扉につんのめった身体《からだ》は、守天が飛びついたときには意識を失っている。

「乱暴なっ」

「心配ない。この子なら明日の晩には目を覚ます。静かになってよかったではないか」

涼しげな笑みと視線が合うと、守天はもうなにも言えない。外にいた衛兵を呼び、アシュレイを客間に寝かせるよう指示を出す。

絶対に頭の冠帽《かんむりぼう》をはずさないよう言い含め、目覚めたら食事を与えるようにと。

衛兵が退出すると、今度こそ室内には、緊張した静寂が手を広げて待っていた。

柢王の座っていた椅子《いす》に男神《だんしん》は腰を下ろしている。

冷ややかさを感じさせる微笑だが、長衣ごしにわかる、すらりと長い脚を組んだ姿は、天界人と大差ない。

それともこれは、術をかけた仮の姿なのだろうか。

守天は必死で考える。

天界には最上界に関する資料は、まったくと言っていいほどないのだ。

天界と最上界は完璧《かんぺき》に切り離された世界であり、天界人が人間を見守るような一方的な関《かか》わりでさえ、あちらにはないはずだった。

こちらからの交信方法はなく、代々の守護主天も閻魔《えんま》大王も、ほとんど死ぬまで会うことはない。それが最上界の住人なのである。

「フッ……派手な喧嘩《けんか》よ」

気高い大人の姿に合う、低くもなく高くもない、さらりとした声が笑む。

「お見苦しい姿で」

「いや、なかなか男心をそそる。目の保養だ。そなた、名は？」

「申し遅れました。ティアランディア・フェイ・ギ・エメロードでございます」

右の肘掛《ひじか》けに重心を預け、男神《だんしん》はゆったりと、やわらかいしぐさで頷《うなず》く。

「麗《うるわ》しく気高いそなたに、ぴったりの名だな。立ってみよ」

守天が立つと、男が肩に羽織っていた不思議な光沢を放つ長い布が、うねうねと守天の身体《からだ》に巻きついた。露出していた肌がやさしく包みこまれる。

じんわりとしたぬくもりが、まるで自分を見つめる男神の皮膚のようで、守天を落ち着かない気分にさせた。

高位の者からの気づかいは、守天にとっては心霊的圧力もいいところだが、まさか脱ぐわけにもいかず、手招きに応じて距離を詰め、ふたたび跪《ひざまず》く。

「見たところ、おまえが一番我《わたし》のことをわかっていそうだな」

「はい。主天后様のお身内と察します」

「主天后は伯母に当たる。我の名はアウスレーゼ。そう呼べばよい」

「はい。アウスレーゼ様」

アシュレイの報告では、たどたどしい天界語を使うということだったが、今はなめらかな発音だった。この短時間のうちに吸収したのだろうか。

それにしても、こうして向き合うだけで圧倒されそうな、莫大《ばくだい》な霊力だった。

最上界の住人など見たこともないのに、守天が彼を信じたのは、その額の御印《みしるし》と、そこから流れてくる、はかり知れない強大な霊力を察したからだ。

人間と魔族以外の肉体には、生まれながらに《霊力》が備わっている。

それは命の元となるエネルギーでもあり、特に天界で兵役《へいえき》に就《つ》く者は、まずこの霊力の大きさで力の差が分かれてしまう。

守護主天の力のひとつに、他人の霊力を読み取る力がある。だがアウスレーゼの力は大きすぎて読み取ることができず、守天は頭が割れそうになった。

桁《けた》はずれなパワーと見ていい。

こんなことは、父親の閻魔《えんま》大王の力を調べようとしたとき以来だった。

「早々に着替えて参りますが、御身のこれからをどうなさいますか。人間界へいらっしゃるおつもりなら、供をご用意します」

「わずらわしさから逃《のが》れてきたのだ。供はいらぬ」

「しかし御身は、次代の……」

御印にはさまざまな形があるらしいが、完全な左右対称という御印は二つだけらしい。

現在の三界主天と、次の候補だけなのだ。

すべからく、御印つきの身体《からだ》には、いくつか制約がある。

御印を持つ者は総じて《天数《てんすう》》と呼ばれる。守天も天数のひとりだ。

「いかにも。我《わたし》は次なる三界主天となる者らしい」

その声が耳に入った瞬間、守天の身の内に、言葉にならない嫌悪感《けんおかん》が生まれていた。

床に視線を落とし、頭《こうべ》を垂れることで、その感情をやり過ごす。

伏せた守天の顔に、男神《だんしん》のほっそりとした長い指が伸びた。なめらかな頬《ほお》のラインをなぞった指が、優雅なしぐさでおとがいを持ち上げる。

アウスレーゼと守天の目がぶつかった。

遠い昔を思い起こさせるような強いまなざしを注がれ、守天は思わず目を伏せる。

「……ご伴侶《はんりよ》も、アウスレーゼ様のお戻りを待っていらっしゃるのでは……」

「ふ……野暮を申すな。月にはない月の花を愛《め》でたい。天界にしばらく逗留《とうりゆう》したいが、いかがかな」

「この天主塔でよろしいでしょうか」

「うむ。御印《みしるし》つきのそなたが、兄弟のように思えてな。そなたの傍《そば》で暮らしたい」

最上界の住人のもてなし方も、無礼にあたる慣例もなにもわからないというのに。

(だがこの界にいるかぎりは目を離さないでおくほうが無難か……)

守天はうやうやしく了承すると、立って執務机まで歩き《使《つか》い女《め》》を呼ぶ合図に触れた。机の脇《わき》に仕掛けがあるのだ。

廊下で、リンリン……という鈴の音が鳴ると、少しして、失礼しますと声をかけた二名の若い女が現れた。天主塔の日常生活を支えている、使用人の女達だ。

長い髪は紐《ひも》を使って頭上でまとめ、首から足首まで肌の透けない衣に包まれている。

守天は扉の外にいた衛兵も呼び、アウスレーゼがしばらく逗留《とうりゅう》することを告げた。

最上界の方だとは紹介しなかったが、常に最上級のおもてなしを心がけるようにと命じられると、彼らの表情にいっせいに緊張が走る。

彼らが退出するとアウスレーゼも立ち上がり、おもむろに遠見鏡《えんみきょう》を見つめた。

光を失い、暗く沈黙していた遠見鏡に、たった今退出したばかりの使《つか》い女《め》と衛兵の姿が映し出される。

急ぎ足で廊下を進みながら、ほかの使い女達にも伝令を飛ばすことを確認しあった彼女達は、衛兵達から質問されていた。

『あの方の額に、守天様のような御印《みしるし》がなかったか？』

『私達には見えませんでしたけれど。守天様にはご兄弟はいないし。気のせいでは？』

『でも初めてよね。《蒼の間《あおのま》》のご用意なんて』

『あそこ、先代の守天様のお部屋でしょう？　閻魔《えんま》様が記念に残していらっしゃるって』

『つまり、王族よりも身分の高い方ということだろうな。いったい何者だ？』

彼らの推測の言葉を、遠見鏡を見ているアウスレーゼが低く笑う。

映像を消すと、男神《だんしん》は守天をちらりと見た。

「驚いたか。額に御印《みしるし》を持つ者なら、この鏡は自在に操れる」

「……存じませんでした……」

遠見鏡《えんみきょう》は御印に反応するものだが、しくみを説明できる者は天界にはいない。

「ふふ。守天殿は元服《げんぷく》してまだ二年たらずとか？　先ほどの赤毛が言うていたが」

「はい」

「では御印のことで知らぬことも多かろう。こちらにいる間、我《わたし》が教えてさしあげよう。それでそなた、我の身分を者どもになんと説明する？」

なによりそれが頭の痛い問題だった。

アシュレイはともかくとしても、天主塔で働く者達に本当のことなど話せば、あっという間に天界中に広がり、蜂《はち》の巣をつついたような騒ぎになるかもしれない。四天王達が、謁見《えっけん》を申し出てくることも考えられなくなかった。面倒このうえない……。

「……尊いご身分だということは、説明せずとも察しましょう。しかし最上界の方とは説明しないほうがいいかと。ご不快でなければ、アウスレーゼ様は霊界を直轄している私の父、閻魔《えんま》大王のご友人ということに、させていただけないでしょうか」

「天界人からすれば、我など化け物。世話になる者達にそのような目で見られてはかなわん。そなたにまかせよう。とりあえずは着替えてくるがよい」

守天はおじぎをして執務室を出る。

無意識に力の入っていた身体《からだ》は、ほっと息をつくと、背中に冷や汗が流れ落ちた。

私室に戻った守天は、使《つか》い女《め》に新しい執務衣に着替えさせてもらうと、人払いしてアシュレイのことを考えていた。彼が運ばれた部屋も、衛兵に聞いてある。

「……謹慎、か」

天主塔での王族の謹慎は、自分の代では初めてのこと。いくらアシュレイでも、目を覚ませばもっと気落ちするだろう。

だが今回の騒動は天界中の貴族達の間に広まり、彼が乱心したのではないかという声まであがっている。

この天主塔にも柢王を慕っている者はたくさんいて、今度ばかりはアシュレイの行動をやりすぎだと非難し、泣《な》き喚《わめ》く使い女まで出る始末。

それでも守天は相手が柢王だったということで、最初は謹慎までは考えていなかった。

これには、仕組まれた一幕がある。

昨夜遅く、突然天主塔を訪ねた者がいた。アシュレイの姉グラインダーズ。天界で唯一の女元帥《おんなげんすい》は軍服に身を包み、数名の部下を連れただけで闇《やみ》にまぎれてやってきた。

ひとりで執務室に入るなり、彼女は守天の前に跪《ひざまず》き、こう言った。

今は我が南領に、弟の居場所はございません、と。

『わたくしは、明日の朝一番で東領との境界へ視察に出なければならず、城を留守にします。その間に、またあれがなにかしたら、次は会議にかけるまでもなく、人間界への流刑《るけい》が決定しました。我が父も、重臣達を止められませんでした』

『流刑⁉　まさか！　王族に！』

それは天界の武将に下される、死刑の次に重い刑。

アシュレイはこれまでも南領には頭の痛い存在で、規則破り、癇癪《かんしゃく》持ちの王子など跡継ぎにはふさわしくないと、顔をしかめる家臣が多いのは守天も知っていたが、まさかそこまでとは思わなかった。

すでにアシュレイに母は亡《な》く、姉が母親がわりなのだ。

昔から、弟のやんちゃぶりに手を焼きつつも彼女はアシュレイを慈《いつく》しみ、アシュレイも姉にだけは頭が上がらない。

『お願いです！　わたくしが視察から帰るまでの間、あの子を天主塔で預かっていただけませんか。今のあの子には、姉のわたくししか味方がいないのです』

一刻の猶予もなかった。

天界人を流刑にするときは必ず、守護主天の承認が必要となる。

それをグラインダーズは食い止めるために、こんな策を思いついたのだ。

幼なじみのよしみでと、アシュレイには内密で約束した守天はそれを引き受けた。天主塔の補佐官達にも相談せずに、独断で。

アシュレイを絶対に人間界に流刑《るけい》になどさせたくない、その一心で。


守天は執務室に戻る前、天主塔中に炎を避ける結界を敷いた。アシュレイが暴れても、彼の攻撃が室内では効果を失うよう、破くことも壊すこともできなくした。

そうして最後に、まだ眠っているはずの彼を見舞った。

幼い寝顔を見つめていると、封印したはずの彼との過去が次々思い出されてくる。

アシュレイの頭の冠　帽《かんむりぼう》――。

その下には天界人は誰も持たない、親指ほどの長さの《角《つの》》があった。

魔族の気脈《きみゃく》はまったくないのに、彼は誕生時から異端で、炎王《えんおう》はアシュレイの母親とは婚儀を挙げておらず、妊娠も出産も、臣下には公表されずに突然だったという。世継ぎを慶《よろこ》び祝って酔いしれるはずの国内に、当時はさまざまな憶測が飛んだ。

母親は南領の城勤めの使《つか》い女《め》らしいという噂《うわさ》だが、真相は封印され、アシュレイは母の姿を絵姿でも見たことがない。

出産が元で亡《な》くなった彼女は国葬もなく、炎王の浄火《じょうか》の炎で霊界に送られたという。

そんな、なにもかもあやふやな自分と母の出自をアシュレイが不安に思わないわけがなく、だからこそ彼は、天界で一番強い武将になってみんなに自分を認めさせたいと、幼い頃から願ってきた。

王気《おうき》にふさわしい霊力は、彼が鍛錬を積むほど磨かれ、六歳の頃にはひとりで天界中を飛び回り、元帥《げんすい》顔負けの魔族退治で腕を上げていった。

塾をサボることはしても、アシュレイ王子は魔族からは逃げない――。

それだけは天界中の誰もが認めている。

魔族を見つけては攻撃する神獣《しんじゅう》《黒麒麟《くろきりん》》の背にまたがり、上空から領民を堂々と見下ろしたりしているうちに、アシュレイの頭の角《つの》について不吉を口にする領民は、だんだんと減っていった。

しかし、神聖なる王族の血を残すためには、貴族の母親から生まれたグラインダーズに世継ぎを産んでもらいたいという意見も宮廷では根強い。

「よく眠っているな」

守天は寝台に腰かけると、額にできていたコブに手光《しゅこう》を当ててやった。

――二人で誓った幼い頃の約束。

封印したはずの彼との思い出が、アシュレイの身体《からだ》に触れたとたん、守天の胸に恐ろしい勢いで逆流してくる。
〔……なんで俺だけ、頭にこんなツノが生えてるんだろ〕
アシュレイは人前では絶対に冠帽《かんむりぼう》をはずさなかったが、守天には頭をさわられても平気だった。
〔不吉なんだってさ。城でもそう言う奴《やつ》がいて……やだな……帰りたくない〕
〔黒麒麟《くろきりん》みたいで格好いいのにね。これは強さの証明だって、言ってやればいいよ〕
不吉だなんて、守天は一度も思ったことはない。みんなの前でも言えることだった。
アシュレイはそう言われるとほっとした顔になったから、何度でもくりかえした。
〔俺ぜったい、天界で一番強い武将になるんだ！〕
〔君ならなれるよ〕
〔そしたら、きっと俺、なんでもできるよな！〕
〔それまでに、私も立派な守護主天にならなきゃ〕
小指と小指を絡《から》め、天主塔の中庭にあった木の上で何度もした、二人だけの約束。
ティア……と呼びかけてきたあの声は、全幅の信頼を寄せきっていた。
守天も執務以外ではアシュレイを最優先し、それは永遠に変わらないはずだった。
守護主天として《元服《げんぷく》》の儀式を受け、御印《みしるし》つきの身体《からだ》の秘密を知るまでは——。

「……っ」

御印《みしるし》に、突き刺すような小さい痛みが走った気がして、守天はハッと目を開けた。

アシュレイはよく眠っている。

「一か月、か」

腫《は》れの引いた場所から、そっと手を引き、ためらいながら赤毛を撫《な》でる。

「結界を解け、解けって……。変わらないな、君は。なんでも、ああやってわめいて……」

己の自尊心《プライド》のためなら、体裁など二の次で叫ぶことのできるアシュレイは、大人の言うことには従うものだと習ってきた子供達の間では、昔から言動も異端児だった。

教師も生徒も、それで何度振り回されたことか。

だが守天はいつも、そんな正直な気持ちと態度に、羨望《せんぼう》を抱いていた。

不満を感じれば叫び、怒りをぶつけることをためらわない姿は、重圧のかかった自分とはまったく反対で、見ていて気持ちがよかった。

アシュレイは入学当初から、腕力にものを言わせ、子供達の上に君臨したがった。

それが、頭の角《つの》のことで誰にもからかわれたくないという内気な心の裏返しだったことも、彼だけを見ていた守天はすぐに気づいた。

身分が王子なのだから、力で捩《ね》じ伏《ふ》せることなどしなくても、子供達はアシュレイの頭のそれだけは口にしないはずなのに、親の威光にすがるのは嫌だったらしい。

　あのような乱暴で我《わ》が儘《まま》な王子が守天様とよいおつきあいなどできるとは思えませんと、補佐官の《八紫仙《はっしせん》》からは、耳にタコができるほど言われてきた。

「朝になったら、また大騒ぎで、全員揃《そろ》って執務室に押しかけてくるだろうな」

　アシュレイを預かったりすれば、補佐官達が騒ぐのは最初からわかっていた。

　王族には公平に、特別扱いはなりませんと、昔から口をすっぱくして言われているし、彼らはもともとアシュレイを気に入っていない。

「それでもいい。父上に責められようと、八紫仙がわめこうと……」

（君を流刑《るけい》になんて、絶対にさせない！）

　アシュレイの胸元に御印《みしるし》をこすりつけ、堅い信念で誓う。

　目の前の寝顔はやすらかだ。穏やかな夢に身をまかせきっているのだろうか。

　また御印に、刺したような痛みが湧《わ》いた。守天はその場所を押さえて立ち上がる。

「グラインダーズ殿が戻るまでだから、それまでは……」

　私に守らせてくれ。

二

天主塔《てんしゅとう》は、天界《てんかい》の中心に位置する。
この地の正式名称は『天空界《てんくうかい》』。四つに分かれた領土を四人の王が統治していた。
北方に『地帝《ちてい》　毘沙王《びしゃおう》』
南方に『炎帝《えんてい》　阿修羅王《あしゅらおう》』
東方に『風雷帝《ふうらいてい》　蒼龍王《そうりゅうおう》』
西方に『水帝《すいてい》　洪瀏王《こうりゅうおう》』
四王家の王をまとめて《四天王《してんのう》》と呼ぶ。天界の誕生時から血筋を繋《つな》いできた者達だ。
四天王は天界の誕生時、最上界《さいじょうかい》から下された家紋を《結界印《けっかいいん》》とし、天界の定められた八つの聖地に沈めて守っている。
守天の結界とほぼ同等の力が、八つ合わせた結界印にはあり、八つが見えない力で連動して、天界から人間界へ行こうとする魔族の侵入を防いでいた。
魔族は天界人も襲うが、真の目的は人間と人間界。

しかし八つの結界の連動に阻《はば》まれ、人間界へ行くのは困難。だから彼らは天界で憂《う》さを晴らしていく。残虐非道な殺害をくりかえす。

天界の武将は魔族を発見しだい、殺してもよかった。東領《とうりょう》の桂花《けいか》をのぞいて。

「守天《しゅてん》様ーっ！　ア、アシュレイ様が！」

執務室《しつむしつ》に転がりこんだ二名の衛兵は、身につけていた制服の半分が黒こげだった。

天主塔での謹慎が始まってもう五日目だというのに、アシュレイはちっともじっとしていない。

監視役の衛兵達は、毎日どこかしらを怪我《けが》しては守天に治してもらっていた。

「今度はなにをした」

龍鳥《りゅうちょう》の羽根筆を右手に握り、書類にさらさらと署名を入れながら、顔を上げずに守天は尋ねる。

「調べたいことがあるとおっしゃるので、蔵書室にご案内したのです！」

「燃やすのも破くのもできないよう、あの部屋のものには術をかけたが」

守天はアシュレイの性格を見抜いている。癇癪《かんしゃく》を起こすと物に当たるのだ、彼は。

衛兵が勢いよく首を振る。

「そ、そうではなく！　読みたい本が見つからないと、片っぱしから床に……っ」

（その手があったか……）

筆を走らせる手を止めて守天は溜《た》め息《いき》をついた。

「止めようとすれば、火龍《かりゅう》のごとく吼《ほ》えられて！」

「使《つか》い女《め》達も脅《おび》えておりますうぅぅ」

「わかった。私が止めよう」


廊下を急ぐ間に守天は彼らの火傷《やけど》を治してやった。すでに蔵書室の前には、中から逃げ出してきた司書や、不安げに見守る使い女達で人山ができている。

守天が人垣を切り開けば、姿を見つけて押し寄せてきた司書達に喧々囂々《けんけんごうごう》責めたてられ、アシュレイの代わりに謝る始末。

しばらくここは使えませんぞ！　という悲鳴から逃れて中に入れば、数十億冊にもおよぶと言われる書庫の一部が通路に投げ出され、腰高まで積み重なっていた。

気絶して埋まっていた司書を本の中から掘り起こした守天は、ひとりで奥へ進む。

ない、ない！　とわめきながら、ヒステリックに本を棚から払い落としていた彼に、静かに尋ねた。

「なにを探している」

突然の声に背をこわばらせたアシュレイは、天井から吊《つ》り下《さ》がっていた明燈《あかりとう》の上に飛び、猿のようにぶらさがる。

眼《め》に力一杯憎しみをこめ、守天の顔を睨《にら》みつけた。

アシュレイはこの数日間で、守天から視線をそらすのはしなくなっていたが、あからさまに敵視が高まっている。

最初の二日は食事を抜いて飯ストしたが、三日目から食べていたらしい。それも本人は気に入らないのかもしれないと守天は思っていた。

「最上界の本だ！」

「ここにはない」

「嘘《うそ》だっ！　天主塔になければ天界のどこを探してもないって昔おまえが……っ」

怒鳴った瞬間、明燈を天井から吊っていた鎖をアシュレイが手の中で砕いた。

支えがなければ当然、明燈は落下する。

「へっ？」

「危ない！」

油断していた身体《からだ》は、突然のことで受け身がとれなかった。

飛び上がった守天の腕に、どさっとぬくもりが落ちてくる。

ほんの一瞬、アシュレイは確かな手ごたえにしがみつく。しかし態度は強気だった。

「助けろなんて誰が言った！」

「はいはい。私がしたくてしたことだ」

守天がふわりと床の見える場所に降り立つと、熱い身体《からだ》がもがくように腕の囲いから逃げていく。

床に立って、改めて室内を見渡せば、アシュレイにも今さらながらに自分のしたことの凄《すご》さがわかる。

それでも弱みは見せない。意地を通して守天を睨《にら》みつける。

「最上界のことは、ほとんどわからないと言っていい。せいぜい天界人の想像か、代々の守護主天《しゅごしゅてん》で会った者が、書きとめていたものぐらいで……」

「それでいい！　どこに⁉」

「私の部屋。以前移したんだ。だから、ここにはない」

「そ、そんなことも覚えてねーのかっ、ここの司書はっ！　だいたい、わかりづらいんだ！　てきとうな分類しやがって！　テメェの監督不行き届きだっ」

さんざん人を待たせたあげく、捜せないと言い切った司書を黒こげにしてやろうとアシュレイが振り返れば、使《つか》い女《め》まで総出で片づけは始められている。

「ここはいいから、とりに来るがいい」

皆にあとをまかせて歩きだす守天の後ろを、少し離れてアシュレイはついていった。

一言も責められないと、さすがに負い目はあるものの、悪かったとは死んでも口にしたくない。

守天の部屋など、二年ぶりだ。

彼の身体《からだ》からただよう、くちなしの香りが室内にも染《し》みついている。ドアが開いたとたん、やさしい香りに包まれ、アシュレイは守天の袖の袂《たもと》に目をやった。

手首まで隠れる、長くてゆったりとした袖の袂に、彼はいつも香り玉を入れている。しつこくなく、派手でもなく、静かに印象深く残る香りは、肩に力が入っているときに嗅《か》ぐと、あまりにもやさしくて意識を奪われそうになる。

それまで自分を追いつめていたことすら忘れさせてくれる、不思議なゆとりのやさしさ。夢ごこちになりかけたアシュレイには気づかずに、守天は寝台のある奥の部屋へひとりで入っていった。

戻ってきた腕には十冊ばかり抱えている。

「三界主天《さんかいしゅてん》様のことはほとんど載っていない。塾で習った程度だな」

「内容のことなんか尋《き》いてない」

どこまでも手助けはいらないという態度。

それでも守天は、強引に言い切る。

「とりあえず、この三冊で充分だろう」

渡された本はさっさと受けとり、アシュレイは回れ右して出ていこうとした。

だが、背中に突き刺さる視線に、ひとつだけ質問があったのを思い出す。

「……俺が拾ってきた奴《やつ》、もう人間界に行ったか？」

「アウスレーゼ様か。しばらくご逗留《とうりゅう》なさるそうだ。八紫仙《はっしせん》以外にはご身分を隠し、額の御印《みしるし》も消していらっしゃる。おまえもお会いしたら……」

「とどまる？　今も天主塔にいるのか？」

「ああ。昨日までは天界中を回っておられた。先ほど、水晶列柱廊《クリスタルロード》でお見かけしたと、使《つか》い女《め》が……アシュレイ、あの方に失礼なことはするな！」

問われるままに答えていた守天が、厳しい声でアシュレイの肩を摑《つか》む。

「あの方は、ただの最上界の住人とは違う！　あちらでも、御印は誰もが持てるものじゃないんだ。彼は」

「《天数《てんすう》》だろ。天にある神の数は絶対だったな。増えも減りもしない。覚えてるさ」

アシュレイは、左右対称の御印が持つ重大さは習っていないはずだ。

しかし、いくら王族とはいえ、最上界のことをこれ以上話してしまっていいものか。

守天が迷っている間に、アシュレイは廊下に走りだしている。

「絶対騒ぎは起こすなよ！　わかってるな！　おまえには、もう……」

あとがないのに。

本人も流刑《るけい》のことは、昨日届いた姉の手紙で知っている。

アウスレーゼになにかするかもしれないのなら、謹慎を解いて天主塔の外に出してしまうほうがいいのかもしれない。だがそうすれば、きっと桂花を殺しに行くだろう。

みすみすやられる桂花ではないだろうが、頼みの柢王《ていおう》は療養中だ。

今回ばかりはアシュレイだって慎重に動くはず。守天はそう思いたかった。

「あの王子に、謹慎など無意味なのでは？」

「お捜ししましたぞ、守天様」

守天は内心ではうんざりしつつ、冷静な顔で背後を振り返る。アシュレイが来てから、多いときは日に三回も押しかけてくる《所司《しょし》》の八紫仙が全員揃《そろ》って立っていた。

天主塔の文官は、身につけている衣の色で位《くらい》を分けられている。

紫紺《しこん》・松緑《ろくしょう》・赤紫《せきし》の三つがあり、中でも紫紺は八人しかなれない重要な役職だ。天主塔の最高補佐官である。

若い守護主天を支えようと、父、閻魔《えんま》大王に選ばれた者達。

彼らは顔の前に冠帽《かんむりぼう》の布を落としている。

さりげないようでいて、鋭い視線を隠すために。

（……この顔を見たくないと思うのは、アシュレイの影響かな……）

謹慎中でも傲岸《ごうがん》な態度のアシュレイは《姿隠術《しおんじゅつ》》を使い、徹底して八紫仙を避けている。

そのくせ、兵士が持ち場を離れて談笑していれば、姿隠術《しおんじゅつ》で近づき、尻《しり》を蹴《け》り上《あ》げるわ、先ほども司書の仕事ぶりを怒鳴りつけたりと、天主塔の怠惰な輩《やから》を見回っていた。

（いや、あれはもともとの性格か……）

アシュレイは他人の行動を、見て見ぬふりができない。やるべきことをやらない場所から噂話《うわさばなし》や作り話は生まれるというのを、嫌というほど彼は知っていた。

そんな彼だから、蔵書室のことを守天は怒れなかったし、姿隠術が使えなくなるような結界はわざと張らなかった。

「またか。全員でなんだ。仰々しい」

「なんだではありませぬ！」

ひとりが口を開けば、次々と文句が飛び出す。

「貴重な資料のある蔵書室をあのような！」

「アシュレイ様は、天主塔をなんと心得ていらっしゃるのか！」

「きつく叱《しか》っていただけたのでしょうな！」

「守天様。お返事を！」

アシュレイに注意もしなかったと言えば面倒なことになる。守天は視線をそらした。

「……一概に彼を責めるわけにはいかないだろう。私も前々から感じていた。あそこは使いにくい。これを機に改善を……」

「何十年かかるかわかりませんぞ！」

「永遠への道作りだ。やってもらわなければ、司書を入れる意味がない」

守天は強気で意見したが、敵もさるもの。あっさりかわされる。

「今はアシュレイ様のことです」

仕方なく黙ると、八紫仙のひとりが、わざとらしく咳払《せきばら》いする。

「西の貴族の投書に、風の噂《うわさ》で、こたびの判決を知った者達が不満を訴えていると」

「おお、北からも同じ投書を見たばかりじゃ！」

「柢王様はともかく、アシュレイ様の乱暴ぶりは目に余る」

「もっと厳しくなさっては⁉」

八紫仙は守天に詰め寄ると、上下左右から文句で責めたてる。

両手で言葉を押し返すように守天は、待て、と止めた。

「今回の魔族は逃がしたが、彼のこれまでの功績は天界随一。どこの元帥《げんすい》もかなわない」

「魔族狩りだけです」

守天はなおも食い下がる。

「充分だろう。武将の務めは立派に……」

「魔族狩りの方法も問題なのでは？　ご自分の国だけでなく、他国にまで干渉して」

「そのことで、もう何度も他国から訴えられているではありませんか」

「お目こぼしも、そろそろ限界なのでは？」

「頭の痛い話じゃわい」

八人を従えたまま、守天は無言で執務室へと歩きだす。相手をしていてもきりがない。とっとと書類の署名に逃げたかった。

「あの方の計算高いところは、他国で魔族を見つけても、ご自分の領地まで連れこんでから殺すことです」

「ま、最低限の礼儀ですからな」

天界の《綱紀《こうき》》のひとつに、他国領にはけっして自分達の戦いを持ちこんではならない、というものがある。それは魔族退治の最中でも変わらない。

これまではアシュレイも、それだけは守っていたから守天も見逃してこられた。

しかし最近の彼のやり方には、そんな礼儀ですら欠けていた。八紫仙は知らないようだが、アシュレイは柢王との一件の前にも東領の花街で魔族を退治している。

東の兵士が駆けつける前に退散したものの、報告書を見て、守天には彼のしわざだとすぐにわかった。その魔族は火で焼かれていたからだ。

（あれがばれたら、もうとっくに流刑《るけい》だろうな。……いや、まてよ）

燃やさなければ被害が広がるかもしれなかったとはいえ、そんな派手に正体がわかってしまいそうなことを彼がしたのは。

（わざとだったんじゃないか⁉　わざと叱《しか》られるつもりで‼）

「守天様、友情に篤《あつ》いのもけっこうですが、何が正しいかお考えください」

執務室はもう目と鼻の先だ。守天は振り返ると、八紫仙の歩みを目で制した。

「わかった。よく言っておく！」

彼らが戸惑っている間に扉に結界を敷いてしまう。これでもう入ってこられない。

（最初から流刑《るけい》覚悟なら、アウスレーゼ様に仕返しするかも！）

アシュレイの性格なら背後から攻撃されたことを、根に持っているはずだ。グラインダーズの説得の手紙があるからと、つい油断していた自分を守天は悔やんだ。

「あの方になにかしたら、流刑なんてものじゃすまないぞ！」

最悪の場合、返り討ちにあって命を落とすかもしれない。

最上界の霊力が与える影響は守天も知らないが、考えられないことではなかった。

やはりアシュレイは、催眠させてでもなんでもして閉じこめておくべきだ。

遠見鏡《えんみきょう》の前に走って守天は叫んだ。

「水晶列柱廊《クリスタルロード》を映せ！　早く！」

守天が八紫仙に責められていることも知らず、アシュレイは本を抱えたままアウスレーゼを捜していた。

*

二十歩後ろをぞろぞろとついてくる、目付け役の兵士がうっとうしい。

天主塔の建物中央にある水晶列柱廊《クリスタルロード》は、許可証を持っていれば誰でも入れる一階にあり、最上階まで吹き抜けの構造だ。天主塔では庭をのぞいて、一番広い空間である。

床のモチーフに沿って、紫水晶の柱が等間隔に並んでいる。大の男が三人で両手を繋《つな》がなければ回らないほど一本一本の柱は太い。それが千本以上で城を支えている。

年に一度行われる閻魔《えんま》大王主催の夜会では、ここに王族と天界中の貴族が集まる。

入り口からこの広間を抜けると、その奥に《内門《うちもん》》と呼ばれる、いわば天主塔の実質的な起動部分に足を踏みこむこととなる。守天の執務室や、参事会《さんじかい》の会議室のある空間だ。

内門は昼夜を問わず、十数名の兵士がいて、魔族封じの結界も張られている。

天主塔の一階部分は東西南北からの使者や、《使い羽《つかば》》と呼ばれる伝書配送の者達が、ひんぱんに出入りするが、守天と面会の予約をした者か、いつでも出入り自由の許可をもらっている柢王や桂花や、天主塔勤務の者でなければ、内門から先へは進めない。

それが四天王であっても、守天の結界に阻《はば》まれる。

床の一部と千本の柱がすべて《魔刻谷《まこくだに》》の紫水晶である荘厳な廊下は、いつ訪れても、ひんやりと肌寒さを感じる。ここは天井が高いせいか、どんな音も少し遅れて反響した。

背後にいる兵士の足音の数は変わらない。アシュレイが止まれば止まるが、どこまでもついていけと守天に命じられているのだ。

鏡のように磨かれている床に映った自分の姿を、立ち止まってアシュレイは見つめる。

(……天主塔からは出られない。俺の血に反応する結界があるからな)

兵士に邪魔されずに、アウスレーゼと戦う方法はないものか。

(まずこの服を脱ぐ)

今着ている服は、普段アシュレイが好んでいる、丈が短くて身体《からだ》にぴったり吸いつくようなタイプとは反対のもの。

守天の用意した、床に引きずりそうなほど裾《すそ》が長くて光沢のある黒絹の衣装は、軽くて肌に気持ちがいい。

ゆったりと広がった袖口《そでぐち》には銀刺《ぎんし》が細かくされ、左胸には飾《かざ》り紐《ひも》が揺れている。

一目でわかる高級な品。

しかし、剣や槍《やり》をふるうには不向きな服だ。

アシュレイはこんな服ひとつにも、守天の策略を感じてしまう。

列柱《れっちゅう》をひとつ進むたび、背後の兵士にばれないよう、黒衣を喉元《のどもと》で留めている金具を、そっとはずした。

いつなにが起きるかわからないので、下に動きやすい服を着ておいたのだ。

アウスレーゼが最上界の住人だろうが関係ない。

(気がついたら寝台だったなんて屈辱だ！　許せねぇ！)

背後からの攻撃でなければ絶対遅れはとらなかったと、皆に証明しなければ。

そうでなければ天主塔の者達に、自分のほうが弱いと誤解されたままになる。

それは絶対、我慢ならない。

「くそ。元服《げんぷく》からこっち、負け知らずだったのに。あの男、ブッ殺す！」

天界一強い武将になるのが自分の望み。

昔から強いことだけが、たったひとつのプライドだった。ほかに取《と》り柄《え》などないのはわかっている。

アウスレーゼを襲えば、守天が隠しても、必ずや南領《なんりょう》に噂《うわさ》は届くはず。

姉の嘆く姿は想像できても、はやる気持ちは止められない。

(天主塔の中はまずい。どこかの部屋に誘って庭に出るか……)

アシュレイの脱出を阻《はば》む守天の結界は、目には見えない壁となって張り巡らされていたが、庭の一部までは大丈夫だと、姿隠《しおん》術《じゅつ》を使って夜中に調査済みだ。

壁にかかった絵を見ている男神《だんしん》はひとりだ。供はいない。

この廊の左右の壁には、代々の四天王の絵姿と、引退したそれぞれの国の十二元帥《じゅうにげんすい》だった者達の武勇が描かれ並んでいる。

天界人の生活をおびやかす存在——魔族、を討伐してきた者の絵が。

人間界への唯一の通路として、魔族は天界を目指してくる。

天界の武将は、人々が安全に暮らせるよう天界を警備し、同時に人間界に魔族が行かないよう見張るのが主な務め。

しいてはそれが、天界を統括している天主塔を守ることにも繋《つな》がるのだ。

(俺の絵も、いつかはここにかかるはずだった……)

若かりし頃の父や、今は北の王となった男の元帥時代の絵は、群を抜いて勇ましく、昔からアシュレイは、この絵を何度も見にきた。頭がよくて物知りだった幼なじみは、戦場の知識だけは乏しかったから、絵を見て解説してやったのは自分で……。

とっくに忘れたつもりだったのに、せつない気分に胸が締めつけられる。

姉上のほうが王としての風格があると、何度言っても父は笑い飛ばしてとりあわない。

女王は長い天界の歴史でも、ひとりとしていないからだ。

だが王になる者は、武術だけ優れていても駄目だと思う。

(俺は、王になれる器《うつわ》じゃない)

正攻法が駄目なら、自分から天界を出ていけるよう、しむけるしかない。

(天界中が俺を非難すれば、王位は姉上か、姉上の子のものになる)

何百の魔族を倒そうが、高い霊力を持っていようが、人々の心をまとめて動かす力は、そんなことで育つものではないだろう。

それは身をもって知っている。だから自分のまわりには誰もいないのだ。

友人でさえ去っていった。それもすべて、周囲と協調できない自分のせいだった。

(すべては俺の力不足。それと――)

先日の柢王の言葉が耳によみがえる。

――おまえの行動は昔っから目立つ。世間が常に注目してる。

天界で自分はただひとりの異端だった。頭に生えている、この角《つの》のせいで。

(こんなものがなければ、俺だって跡取りらしくしたんだ)

(……みんなが変な目で見なければ、普通に振る舞えた……)

自分を産んですぐ亡《な》くなったという母親を憎む気持ちは、歳《とし》を重ねても削れるものではなく、誕生と同時になぜ殺してくれなかったのかと何度も思った。

十七年間の悔恨が、肩に重くのしかかる。

南の領民なら誰だって、口にはしなくてもきっと不安に感じている。

――あの角はいつか禍《わざわ》いを起こすのではないか、と。

「だったらいっそ、本当のひとりになってやるさ」

皆が気にするのは自分が王子だから仕方ないと、頭ではわかっていた。

でもこれが一生かと思ったら、もう嫌になった。

こんなことで、いちいち傷つくのもくだらない。

流刑《るけい》になっても、戦う力はとりあげられないし、洞窟《どうくつ》に監禁されたりもしない。監視がつくらしいが、そんなものは振り切ってみせる。

あちらでやりたかったことを実行に移せる、いい機会だった。

(俺は魔族を、人間界で待ちかまえて殺す!)

王にはならなくても、戦士としては役にたつことを証明したい。

あの方がいるから安心だ、と遠くでみんなに安心されたいのだ。

(必ず流刑になってやる! そのために、この男を倒す!)


とがった霊気を背中にぶつけられたアウスレーゼは、おや、と目を細めると、扇ごしにアシュレイにほほえんだ。

鈍感なのか、戦う気がないのか。

どっちだっていい。アシュレイは計画を実行に移す気満々だ。殺気は一度ひっこめる。

まず部屋、そこから庭に、だ。

「アウスレーゼ様、お話ししたいことが」

「子猿、ではなかった。アシュレイ殿か」

扇で顔は隠れているが、笑った肩が小刻みに震えている。

「だれが子猿だあぁぁぁーっ」

挑発されて予定がすっとぶ。服を脱ぎ捨て、本は床に叩《たた》きつけた。

「この前はよくもやったなっ！　俺と勝負しろっ」

見張りの兵士達に動揺が広がる。止めに走ってくる者、守天へ知らせに走る声。

「いけません！　アシュレイ様」

「早く！　守天様にご報告……うっ！」

しかし兵士達の声は、周囲に広がる前にアウスレーゼが術で散らした。衝撃波をぶつけられた彼らが一斉に床で気絶する。

驚いたアシュレイに男神《だんしん》は手を差し伸べた。

「邪魔されたくないのであろう？　さあ」

その手に思わずアシュレイが手をのせると、ぐっと握られ、引き寄せられた。

自分より頭二つほど彼の身長が高いのに気づいたときには、銀の光沢を放つ白い衣装の袖《そで》を合わせた中に、赤い髪がすっぽりとおさまっている。

「いい子だ。このまま上空に飛ぶぞ」

「むちゃだ！　ティアの結界が！　むちゃだって——あ……⁉」

耳元でゴウッ！　という強い風が吹いた。聞きなれた上空の風の音。

天界は人間界の裏ともいえる世界。だから空には太陽と月がない。天界の空は光も薄い。

青に一滴白い絵の具を落として水で薄めたような色が、どこまでも続いている。

みるみるうちに、天主塔が爪《つめ》の先ほどの大きさとなる。

アシュレイ以外でここまで速く飛べるのは柢王ぐらいだ。いや、もっとこの男は速い。

（やはり、ただものじゃない！　これが最上界の力！）

風の音にも負けない声が至近距離で尋ねる。

「勝負、と申したな。勝った者への褒美《ほうび》はなにかな」

瞳《ひとみ》に浮かぶ笑みに、噛《か》みつかんばかりにアシュレイは怒鳴った。

「首だっ！　首と胴をまっぷたつにするっ！」

「そうか。勇ましいな」

アウスレーゼは会話のために速度を落とし、アシュレイの目をじっと見つめる。

「……そなた、よくよく見れば可愛《かわい》らしいな。首をもらうも一興か」

「その言葉、そっくり返してやる！」

「怒るな。冗談だ」

暴れる身体《からだ》を腕の中に抱え直して囁《ささや》く。

「惜しい、と申しておるのだ」

これから一騎打ちだというのに、男神《だんしん》は緊張のかけらも感じさせない。

そのとき、アシュレイの冠《かんむり》帽《ぼう》の紐《ひも》が風圧でほどけた。

「あっ！」

「ほぉ、これは」

「み、見るなっ！」

赤い髪の間に隠れるようにして生えている角《つの》に、アウスレーゼは視線を向けると、おもむろに舌で舐《な》めた。

「ひやっ！　なにしやがるっ」

思い切り胸を突き飛ばして離れたアシュレイは、並行に距離をとり、左手から斬妖槍《ざんようそう》を呼び出した。

「頭にツノを生やす天界人か。めずらしいことよ」

「わりーかっ！　かまえろ！　出せんだろっ、剣ぐらい」

「勝負よりも、その可愛《かわい》らしいツノの話をしたいのだがね」

「俺には話すことなんてないっ！　欲しいのは卑怯《ひきよう》者《もの》の首だけだっ！　ハ――――ッ！」

アウスレーゼの手に光り輝く剣が生まれた瞬間、アシュレイは踏みこんでいた。

裂帛《れっぱく》の気合いとともに素早い突きが男神《だんしん》の身体《からだ》を狙《ねら》う。両手で槍《やり》の柄《え》を握っているアシュレイの目標は的確だ。

最初の数百打は剣で受け止めた男神だった。

細い少年体型からは思いもよらない重い突きだったことに、思わず微笑が漏《も》れる。

アシュレイの槍には入り組んだ形の鎌《かま》もついていて、変形鎌の窪《くぼ》みに剣をすくわれれば、力業で折られるか、武器を空中にとりあげられかねない。

いったん距離をとったアウスレーゼは、素早く剣を二度三度振った。

剣の先から放たれた光芒《こうぼう》が白熱し、ムチのようにしなった光の渦となる。光はアシュレイの身体と槍を捕まえようとした。

灼熱《しゃくねつ》の、かまいたちだった。剣に残っていたアシュレイの気合いを、そのまま返しただけで、アウスレーゼが霊力で生んだものではない。

「うわっ！　くっ！」

炎のかまいたちの攻撃をよけて、頭上に飛び上がったアシュレイは、それでもまだ追ってきたそれを、槍を回転させた摩擦の盾で砕く。

かまいたちが砕け散ると、勢いの増した回転槍《かいてんそう》から火玉が生まれた。

槍の周囲に次々生まれる火球は、空気を引き裂くような高音をたて、灼熱の熱塊となり赤々と燃える。

しかしそれすら片手で握った剣に受け止められ、衣装にかすることさえしない。

小手先では駄目だ。斬妖槍《ざんようそう》の槍先《やりさき》を男神に向け、たて続けに突いて突いて突きまくる。

分かれたが、剣をひと払いし、風の摩擦だけで男神は消しさる。

アシュレイは火球を勢いよく男神《だんしん》に向けて蹴《け》った。途中さらに、それらは細かい火球に
「くらえっ！」


「うらぁ！　おらおらおらおらーっ」

数百打ぶんの恫喝《どうかつ》を気にもせず、どこかアウスレーゼの瞳《ひとみ》は遠いまなざしだった。

槍だと、踏みこむ距離のぶんだけ、攻撃から防衛に切り替える時間がかかる。

だが男神は攻撃してこないので、アシュレイは受け身をとる必要がない。

攻めているのはこちらだった。なのに、まだ一度も優位に立った気がしない。

「この程度か？　我《わたし》はまだ霊力を使っておらぬぞ」

ふたたび距離をとったアシュレイを、男神は挑発した。

アシュレイは、一騎打ちでの挑発は嫌いではない。闘志が自分の中で、どんどん燃え上がるのがわかるし、自分をみくびった相手がそのあと、悲痛な叫びをあげるのを想像するのも楽しかった。……今はなんとでも言っていればいい。

そのとき、風の流れが緩《ゆる》くなった。

（今だ！　一気にカタをつけてやる！）

柄《え》の中央部分を指先で操りながら、アシュレイは目にもとまらぬ速さで槍《やり》を回転させた。胸の前を庇《かば》うように回していたものが、どんどん回転数を増して頭上まで上がる。

呪文《じゅもん》を唱え終わったとき、霊力の燃焼で逆立った赤い髪の真上には、うっすらと霊獣の姿が浮かび上がっていた。

南の紋章を飾る霊獣『ギリ』。

南領の結界印でもある霊獣だ。王族の血と代々語り継がれる呪文で呼び出せる、サソリに似た、太古に滅んだ絶命種。もともとは最上界の生き物だと聞いたことがある。

結界印は最上界から与えられたという伝説が、もし本当なら……。

(この獣ぐらいは、この野郎にも効果があるかもしれない!)

ためまくった霊力を、アシュレイは一気に頭上から振り下ろす。

「裂燃拳龍《れっしょうけんりゅう》　華焔咆《かえんほう》――――っ!」

そこで初めてアウスレーゼの顔つきが変わった。胸の前に、彼が剣をかまえる。

自分の判断が正しかったのだと、アシュレイは全身で勝敗を予感した。

絶対に勝てる。そう思うと自然に口元が笑い、瞳《ひとみ》がらんらんと輝く。

放たれたギリが両鎌《りょうがま》をアウスレーゼに振りかざす前に、男神《だんしん》はそれを剣の勢いで押し返した。だが砕くことはできなかった。

アシュレイは余裕で、ギリの背を押し戻すだけでいい。

両者の間を、この攻撃は何度か行き来する。そのうちに男神《だんしん》が疲れてサソリの刃《やいば》に身体《からだ》を刻まれる前に逃げ出せば終わりだ。まさか、むざむざやられはしまい。

ギリは一度生まれたら短時間では消えてくれない。

「行けっ、あいつを食らえっ！」

自分に向かって戻ってきたギリに、また少し霊力を食わせて押し戻そうとしたとき。

『駄目だ！』

「……っ⁉」

守天の声が聞こえた気がして、まさか！　とアシュレイは振り返る。焦《あせ》った瞬間、ギリに食わせるはずだった霊力の火は消えた。

しまった！　と思ったときには目前に自分で生んだ霊獣が、鎌《かま》を広げて迫っていた。

「うわあああっっ！　ぐっ……あぁぁーっ！　あ、……っあ！」

胸の前に槍《やり》を出してふんばる。念がぶつかり、轟音《ごうおん》爆風を生んだ。それでもサソリのハサミを受け止めるのが精一杯だった。

渾身《こんしん》の力を振り絞ってギリを消そうとしたが、獣は口から全身から、灼熱《しゃくねつ》の刃を出して獲物を求め、襲いかかってくる。

やめろ！　と怒鳴っても通じるわけがない。自分の放った霊獣が戻ってきたとき、それは十数倍の威力となると言っていた剣術教師の言葉が頭で回る。

「子猿⁉」

アウスレーゼの叫んだ声は届かない。

斬妖槍《ざんようそう》も力尽きて体内に戻ってしまった。あとはギリの炎圧に押《お》し潰《つぶ》されるだけだ。

『弾《はじ》き返《かえ》せなければ、命を落とすこともあるんだろ？　そんな技は使わないで』

『大丈夫だって！　俺が天界一強くなるには、あれが必要なんだ』

天界一になれたら、おまえをずっと守ってやれる。

天界一尊い守護主天を守るのに、ふさわしい武将だと、誰にも文句は言わせない。

ずっと一緒にいられるって。

信じてた。

彼のそばで、一番強く輝くのは自分だと。

(馬鹿《ばか》だ、俺。あんな奴《やつ》……もう嫌いなはずなのに)

(畜……しょ……)

飛ぶ力すら失ったアシュレイの身体《からだ》が炎に呑《の》みこまれたとき爆発が起きた。空から色が消え、目を覆うほど白い光に包まれる。

白い光が消えたとき、そこにアシュレイとアウスレーゼの姿はなかった。

＊

アウスレーゼがアシュレイを連れ、天主塔から出ていったのは守天も気づいていた。御印《みしるし》を通じて、男神《だんしん》は結界を破ると守天に警告してきたからだ。

この数日、鍼《はり》で刺すような痛みを何度も額に感じていたが、あれが御印での会話を可能にする手段なのかもしれない。

守天が額の御印の力を一部しか使えていないことに、男神はかなり呆《あき》れている。

「……やっかいな。アシュレイは謹慎中だと、ご説明したのに……」

せっかく八紫仙を遠ざけても、まったく仕事に手がつかない。遠見鏡《えんみきょう》で、天主塔の周辺や東領を捜しても、最上界の力で結界を組まれたのか、ふたりは影も形もなかった。

アウスレーゼが天界での生活に刺激を欲しがっていたのは知っていたのに、もてなすのが苦手で、自分は仕事に逃げた。つきあったのは最初の晩の晩餐《ばんさん》だけで。

「たぶん私を困らせたいんだ、あの方は。アシュレイをどこに……まさか人間界か!?」

執務室のバルコニーから空を見上げていた守天は、遠見鏡の前に急いで戻る。

「人間界を！　アシュレイとアウスレーゼ様の出会った、四季のめぐる島国だ！」

しかし、一度は守天の御印に反応して光った鏡が、次の瞬間、赤い光にはじかれた。

「ああっ！」

〈八紫仙より報告を受けた〉

執務室全体が赤い光で満たされると、一番強い赤光《しゃっこう》の中から遠見鏡《えんみきょう》を通じて太く逞《たくま》しい腕が伸びてくる。現実の腕ではないのに、その手はすばやく守天の身体《からだ》を摑《つか》まえた。

霊界で執務中のはずの、閻魔《えんま》大王の手だった。

「父上……くっ！」

〈客人に結界を破られたそうだな。その身を求められたか？〉

守天の全身よりも大きな手は、執務室の天井を支えている梁《はり》に、守天の背を押しつけている。

守天は必死な形相で首を振った。苦しくて息もできない。

喘《あえ》ぐと、手からわずかに力が抜ける。これまでもこの手に摑まると、守天は途中で意識を失っていた。こんな力は見せかけだとわかっていても、御印《みしるし》に直接言葉をぶつけてくる威力は絶大で、頭が割れそうに痛む。

(離れて暮らしていても、父上はつねに私を監視している！)

元服《げんぷく》してからは以前にも増して、肌にまとわりつくような言葉をかけてくるのだった。

〈苦痛に歪《ゆが》む顔さえ、そなたは美しい。すべての生き物の頂点に立つ、危険すぎる美貌《びぼう》よ〉

「美醜など！」

守天と閻魔《えんま》に血の繫《つな》がりはない。御印《みしるし》は遺伝ではなく、最上界で創《つく》られる。閻魔大王は守護主天の、この天空界での保護者。有事のさいは、この天主塔を外周から守る役目がある。

魔刻谷から伸びている、一本の広い石柱の上に天主塔は建っている。塔を支える地面は、蓮《はす》の葉と茎が石化して固まったような形で、ずっと地下まで続いていた。

その地下から、赤光《しゃっこう》の結界でもって天主塔を外部から覆い囲んでいるのが閻魔の結界なのだ。

この赤光に天主塔が保護されるかぎり、守天に自由はない。

同じ御印つき者の監視として以上に、閻魔は守天に執着していた。

ねっとり全身を這《は》うような視線と目を合わせるだけで、背中に冷たい汗が流れていくほど、この数年は彼の前で、守天が緊張を解けたためしはない。

〈元服《げんぷく》のとき見せてやったであろう。守護主天の……御印つきの身体《からだ》の秘密を〉

「やめてください！」

〈幾千もの肉体が、そなたの犠牲となった。その身に狂わされ、自分を捧《ささ》げ……〉

「やめろ！　聞きたくない！　私には関……っ」

ふたたび身体を締めつける力が強くなり、守天の息が止まる。

こうして己の手の中に捕まえて言い聞かすのが、閻魔のやり方なのだ。

逃げたいのに、言葉で抵抗する以外の術《すべ》を守天は知らない。

この赤光《しゃっこう》の結界さえ……これさえ消せれば、自分と閻魔《えんま》は別々の界にいるのだから、こんなふうに抑えつけられることはなくなるはずだと頭ではわかっていても、守護主天の身体《からだ》にも能力にも、生まれつき『攻撃力』はないのである。

自分の手では虫一匹、ガラスひとつ叩《たた》き割《わ》れないのが、守護主天の肉体なのだ。

(アシュレイを守るどころか、私は自分の身さえ、こんな男から守れず……!)

守天の男としての矜持《きょうじ》を、この手はことごとく破壊する。

閻魔は守天が自分だけを頼るよう、しむけてきたのだ。これまでもずっと。

気が遠くなりかけたとき、突然手の拘束が消えた。ドサリと守天の身体が床に落ちる。

「……?」

なにが起きたかわからなかった。どこにも赤い光はない。消滅している。

耳の感覚が戻ってくると、執務室の廊下で兵士が扉を叩いていた。

「守天様! アウスレーゼ様とアシュレイ様がお戻りに! いらっしゃいますか、守天様」

三

話は少し戻る。

アウスレーゼに抱き上げられたアシュレイは、天主塔《てんしゅとう》の上空に戻ってきていた。

ギリの広げた火の海から逃げるため、アウスレーゼはアシュレイごと空間を移動したのである。でなければ救えなかった。

「まったく、大技《おおわざ》の途中で気を抜くとは」

呆《あき》れる中にも不安のにじむ声。男神《だんしん》は気絶しているアシュレイの息を確かめると、彼の額に自分の額をぶつけた。

白い秀麗な額には、湧《わ》いた水が二つに割れたような、左右対称の御印《みしるし》が出ている。誰にも見られないようにと隠しておいたのに、霊力を使ったから浮き上がってきたのだ。

「……なるほど」

守天《しゅてん》は御印の使い方をまだよく知らないが、アウスレーゼは完璧《かんぺき》に熟知している。額をぶつけると他人の考えている言葉が流れこんでくるのは、初歩的な力だった。

アシュレイの隠された想《おも》いを、男神《だんしん》はゆっくりと吸収しにかかった。

意識は霧がかかったままだ。

もうどれぐらいこうしているのか。手足が重くて動かせない。

アシュレイはぼんやりと、昔のことを思い出していた。そのとき、温かい湿った感触が、口の中にもぐりこんできたのがわかる。

それは元服《げんぷく》の一年前から、ときどき感じるようになったものに似ていた。

触れるだけだった唇から舌が忍びこんできた、あのときの、やさしい感触に。

(……ん……)

親友だったティアランディアと、ほとんど二人で過ごした塾での昼休み。

人など滅多《めった》に来ない、塾の裏林を抜けた狭い丘だった。自分が昼寝をしていると、ときどき甘えるように彼が唇を合わせてくるようになったのだ。

頰《ほお》の傷を舐《な》めて治したのと、最初はあまり変わらなかった。

(俺は嫌じゃなかった。ティアなら、まぁいいやって……)

(だってあいつ、姉上が俺の額にキスしたのを、羨《うらや》ましそうに見てたから)

(ティアは閻魔《えんま》様と離れて暮らしてて寂しいんだ。だから俺、あいつの家族に……)

〈そなた、守天殿と恋仲なのか？〉

頭の中に直接呼びかけてきた声で目を開くと、目前にアウスレーゼの顔があった。額に浮いていた御印《みしるし》に、アシュレイの目が釘《くぎ》づけになる。

〈技《わざ》の途中で守天殿のことを考えたな。次にあのようなことをすれば、命を落とすぞ〉

違うと叫び返したいのに、身体《からだ》が言うことを聞かない。ヒューヒューとかすれた音だけをたてる喉《のど》が、焦《じ》れて灼《や》けていくようだった。

〈フッ……ままごとのような恋だな。守護主天《しゅごしゅてん》と武将、か〉

アウスレーゼは、ギリによってほとんど引き裂かれていたアシュレイのシャツを指でいじっている。つまむだけで、それはただの布屑《ぬのくず》と化し、するりと肌から離れた。

アシュレイが意識を失っている間に、アウスレーゼは天主塔の『蒼《あお》の間《ま》』に戻り、自分のマントにくるんで、アシュレイの焼けただれた肌を元どおりに治していたのだ。

アシュレイの肌は褐色なので目立たないが、古い傷も多かった。引き裂かれた傷の上に、薄い花びらのような新しい肉が盛り上がっていて艶《なま》めかしい。

自分のほどこした治癒術の確認のために、寝台にまっすぐ寝ていたアシュレイの身体からマントを落とした男神《だんしん》は、その花びらのような肉の上を指でなぞった。

そうとは知らず、アシュレイは青ざめる。

動揺が全身に広がると、真上から見ている蒼黒《あおぐろ》い瞳《ひとみ》に苦笑された。

〈守天殿は幸せ者よ。そなたは我《わたし》に手を出せば天界《てんかい》追放だと覚悟しながらも、彼に止めてほしいと内心では願っていた。まっすぐ汚《けが》れのない恋心だな。だが〉

そなたは負けた……と残酷な言葉が、耳をくすぐるように勝ち誇った声で吹きこまれる。

その間も素肌の感触を確認している手は、アシュレイの腹部や股《また》の内側をなぞっていた。

以前一度だけ、アシュレイは守天が女性と逢《あ》い引《び》きしているのを見たことがある。

こんなふうに女の膝《ひざ》を立たせて脚の内側をなぞり、胸にもずっと触れていたのを。

それでもアシュレイは喉《のど》から声が出せない。目をしばたたいて睨《にら》みつけても、アウスレーゼのからかうような瞳《ひとみ》には、なんの効果もなかった。

アシュレイは焦《あせ》った。初めて魔族と対峙《たいじ》したときよりも、今の自分は無力だと思った。

〈……人のものを奪うのはよい。追われる心配がないからな〉

アウスレーゼはアシュレイの怪我《けが》していない部分に唇を押しつけ、そっと吸いあげる。

〈我はやさしい男でな。我のほかに慰めてもらえる手を持たぬ者を愛してしまうと、ついつい未練が残ってしまう〉

アウスレーゼは誤解している。自分と守天はそんな関係ではないと、アシュレイは訴えたいが、息するのがやっとだ。ギリに霊力を使いすぎた。

目を見開いたまま、アシュレイはアウスレーゼから口移しで水を受けとることとなった。

絶対飲みたくなかったが、そうも言っていられず、流れこんできた水で声が出るようになったとたん顔をそむけて叫ぶ。

「違う！　ティアは……っ」

〈ティアとは、守天殿の愛称だな〉

その名は自分に禁じていたのにと、アシュレイの全身がこわばった。

アウスレーゼの手は、残っていた布地を次々剝《は》ぎとっていく。

「や、やめろ！　あっ……」

〈そなたは負けたのだ〉

ふたたびその言葉を流しこまれても、アシュレイは怯《おび》えた目で、嫌だ……と哀願した。

蒼黒《あおぐろ》い瞳《ひとみ》はまるで介さず、緊張をほどくためにアシュレイの身体《からだ》の内側を、緩《ゆる》い光で刺激した。露出させられていた胸先は、またたく間にとがるように突出し、指ではじいただけで肩がくねって跳ねる。

〈……よい反応だ。胸が感じるか。首とひきかえなら安いものだろう。我《わたし》にまかせよ〉

どこかから取り出した鍼《はり》をアウスレーゼがアシュレイの額に押しこむと、額から足のつま先までをなにかが突き抜け、全身が無理やり脱力させられた。

両膝《ひざ》を胸まで押し返され、膝を広げられたところでアシュレイは意識がまた朦朧《もうろう》としてきた。身体がふわふわしているような眠くなる感覚だったが、アウスレーゼの手が触れている身体の中心の熱はわかる。そのとき、体内に指が侵入してきた。

「やだ！　あっ……ティア！」

呼んだって無駄なのに。わかっているのに。

口にすれば強くなれる気がした。呪文《じゅもん》のように。

――君が天界一強い武将になってくれたら、いつも私のそばにいてもらえるね。

この世界の象徴、天界で一番尊い存在の彼にそう言われて。

いつしか強くなることは、角《つの》のことでみんなを見返すためでなく、彼のそばにいるために必要なんだと、自然に自分の目標になった。

誰にも言えなかったけど。言わなかったけど。

（あいつの……あいつの一番近くにいられる理由が欲しくて俺は……）

アシュレイの身体《からだ》を見下ろす格好で、上半身だけかぶさりながらアウスレーゼは御印《みしるし》とアシュレイの額をぶつけていた。

アシュレイの肉体を奪ったように思わせ、その実、心が落ちてくるまで手を出す気はなかった。強引も愉《たの》しいが、せっかく治した肉体だ。ゆっくりと愉しめばいい。

意識では未《いま》だ、アシュレイは男神《だんしん》への抵抗を続けている。

〈守天殿にとっては、子供の約束だったというわけか〉

その声が胸に響いたとたん、アシュレイの目から、とめどなく涙が流れていく。これまでひたすら抑えこんできた感情が、なだれを起こしたように溢《あふ》れだしていた。

男神《だんしん》はとまどい、苦笑しながらも、そのすべてを唇で受け止める。

涙の味にまで悲しみが深く染《し》みこんでいたせいで、守天とアシュレイが一度も恋人同士などではなかったことがわかる。

〈そうか。幼い日から、守天殿はそなたの特別だったのだな……〉

誰よりも喧嘩《けんか》っ早《ぱや》い問題児。

でも本当は、昔ばかりを懐《なつ》かしむ、寂しがりやの少年だった。

元服《げんぷく》前の塾での出会い。

柢王《ていおう》や守天と三人で、いたずらした思い出。

怪我《けが》した自分の寝台に駆けつけ、手光《しゅこう》で治療しながら、誰よりも涙を流していたこと。

この角《つの》を「強さの証《あかし》だね」と言ってくれた夜、嬉《うれ》しくてこっそり泣きながら、彼のことを好きになれそうだと思ったすべてが、どれだけ大切だったことか。

腕力以外では、なにひとつかなわなかった親友は、それでもアシュレイをいつも尊敬した口調で褒《ほ》めてくれた。

幼い頃から優秀な姉と比較され、長男というだけで跡継ぎ扱いをされていた、ささくれだった心を彼だけが宥《なだ》めてくれたのだ。

草で手を切っただけでも菌が入って膿《う》むからと、自分のこと以上に心配してくれた。

ふりはらっても、ふりはらっても、守護術で、ときにはその唇で綺麗《きれい》な親友は、根気よく傷を消してくれた。アシュレイの無事を一番に考えてくれていた。

（なん……で……こんなこと……今さら思い出さなきゃなんねーんだ……あいつはもう）

離れていってしまった。

天主塔で元服《げんぷく》式を受けた、その翌日から。

あまりにも突然引かれた境界線を、しばらくの間は信じられなかった。

面会を申しこんでも、親しい交友は後回しだと言われて駄目だった。いつでも入れるように組まれていたはずの守天の寝室の結界もアシュレイをはじいた。

それなのに東の船遊びには参加して、遊《あそ》び女《め》の肩を抱いたまま守天は言ったのだ。

いつまでも、子供にはつきあっていられない、と。

柢王と桂花《けいか》が傍《そば》で笑っていた。自分は姿隠《しおんじゅっ》術で、それを呆然《ぼうぜん》と聞いていた。

〈守天殿の言葉とは思えぬ。ご酒を召し上がっていたのでは？〉

そのつぶやきはアシュレイには届いていない。深く思い続けた心は、そんなものでは溶けるはずがない。水すらはじく、乾燥しきってひび割れた大地……それが今の彼の心そのものだと男神《だんしん》にはわかる。

泣いている身体《からだ》に、男神はふたたび口づける。朦朧《もうろう》とアシュレイの目が開かれた。

〈忘れたくても、そなたが守天殿を思い出してしまうのは、その頃の自分を、そなた自身がもっとも愛しているからであろう〉

そうかもしれない。アシュレイは力ない、まばたきで返す。

髪を撫《な》でている手があまりにやさしくて、今は反論する気になれない。

守天の言葉が悔しかったから、自分だって大人になろうとした。

あいつに相談しなくても、ひとりでやれると思ったし、自信もあった。

でも元帥職《げんすいしょく》に就《つ》いたばかりの、元服《げんぷく》したての子供には、仕事など回ってこなかった。

国境警備に出ていく姉の供でもいいからと父に頼んでも、まだ早いの一点張りで。

柢王は二教科だけ落第したせいで、二年早く塾を卒業したにもかかわらず、元服がアシュレイと同じ頃だった。なのに元服してすぐ、役職もないくせに正式な任務として人間界に魔族退治に行ってしまった。

出遅れた気がして、アシュレイも計画を思いついた。

自分の実力を父王に認めさせるために、ある日いきなり、南の城の警備をしていた兵士全員を相手に、霊力ありの攻撃をふっかけたのだ。

結果、数は忘れたが、ほんの一刻ほどの間に、城内に立っている兵士はいなくなった。

いよいよ父に呼び出され、こんなことでは魔族が出たときが思いやられる、とアシュレイが溜《た》め息《いき》をつけば、それはこちらの台詞《せりふ》だ！　と重臣達の揃《そろ》っていた場所で、頭ごなしに怒鳴りつけられた。

俺は間違っていない！　と返せば、反省の色なしということで、独房入りさせられ。

差し入れられた守天の聖水《せいすい》で兵士は全員助かったが、それからしばらくは、アシュレイが城内を歩くだけで、警備兵の顔はこわばっていた。

天界中の貴族達の間で『南の王子乱心』の噂《うわさ》まで流れた大事件。

元帥《げんすい》らしい仕事をして『大人』になりたかったのに、もくろみは失敗に終わった。


アシュレイの過去を漏《も》らさず読みとったアウスレーゼは、からかうのはやめ、鍼《はり》と指で弛緩《しかん》させていた身体《からだ》をまっすぐ寝台に戻し、ふたたび自分のマントをかけてやった。

体力を消耗した身体は、アウスレーゼの霊力をそのまま受けとることが辛《つら》く、煙に薄く混ぜられたものを呼吸のついでに得ているせいで、復活には時間がかかる。

男神《だんしん》は愛《いとお》しむやさしさで、肩口に唇を落としたが、打撲に響いてアシュレイは呻《うめ》いた。

〈今のそなたは薄皮一枚。これほど無防備な身体と心を、人界などには見送れぬな〉

自分の態度いかんで、アシュレイの今後がどうなるか、男神はよくわかっていた。

なにもかもお見通しな手が、アシュレイの角《つの》の周囲の髪をやさしく撫《な》でる。

〈……我《わたし》の腕は必要か？〉

いらない、と首を振る力などないのを知っているくせに、ほほえんだ目で男神は尋《き》いた。

力ある者の、やさしさに満ちた声。もう一度、誰かを信じたくなってしまいそうな。

〈眠るがよい。ひとりにはせぬ〉

身体《からだ》を包むアウスレーゼのマントからは、大人の包容力が嗅《か》ぎとれた。

完全な眠りに落ちたのがいつだったか、アシュレイは覚えていない。

＊

兵士を伴い、廊下を走ってやってきた守天は、アウスレーゼの滞在している『蒼《あお》の間《ま》』に許しも請《こ》わずに飛びこんだ。

「アウスレーゼ様！」

まだ夕刻ではないのに、窓を幕布で塞《ふさ》いである室内は足元が見えないほど暗い。

アウスレーゼは扉に背を向け、寝台のはじに腰かけている。寝台の中央ではアシュレイが仰向けで横たわっていた。

「……おや、守天殿」

「アシュレイとやり合ったのですか⁉」

「まぁな」

アウスレーゼは立ち上がった。守天の目はすでに寝台の中央に向けられている。

「怪我《けが》を？」

だが一歩踏み出したとたん、流れるような動作で伸ばされた腕に止められてしまう。

「アシュレイ殿は霊力の限界を追求し、武将の逞《たくま》しさを我《わたし》に披露したまで。ご立派だったぞ。なりは子供のようでも、頼もしい武将よの」

「霊力の……限界？」

守天のとまどいを無視した男神《だんしん》は、また寝台に腰を下ろし、眠る身体《からだ》にかがみこむ。

「心配ない。多少のかすり傷は武将の勲章であろうよ。もうほとんど我が治した」

そう言うと、皆の視線もかまわずに、アウスレーゼはアシュレイの唇を唇でふさいだ。

「……ん……っ」

虫の息のような、かぼそい息継ぎを奪われ、アシュレイが喘《あえ》ぐ。

「聖水を作ります！」

守天の声で兵士が水差しをとろうとしたが、いらぬ、という低い声にその場が凍る。

愛《いと》しい者をながめるような甘やかな視線で、男神はアシュレイだけを見つめていた。

「アシュレイ殿には、我の薬煙《やくえん》を分けておる」

寝台の周囲に流れていた香木《こうぼく》の香りに、とっくに守天は気づいていた。それは男神の掌《てのひら》から煙となって生まれていたのだ。

とりもなおさず、最上界のアウスレーゼの力で、傷ついた霊力を癒《いや》されているということだった。

「そう……でございますか」

「可愛《かわい》い子だ。気に入ったぞ。王子でなければ、我《わたし》づきの者にしたいところだ」

その言葉で全身に衝撃が走ったが、守天は顔には出さない。静かに二人を見つめる。

「では寝《やす》ませておけばよいでしょう。アウスレーゼ様には別のお部屋を」

「眠っているそばを離れないと約束したのだ。さらに薬煙《やくえん》を撒《ま》くゆえ、誰も近寄らぬよう皆に伝えてくれ」

人払いを命じた彼に、今度こそ、ぎょっとした顔を向けた守天に、男神《だんしん》は寝台から視線を動かしてきた。

「おとなしい月の花には飽きた。激情を放つ、大輪の花に魅せられたのだ」

『月の花』は自分。……『激情を放つ花』は……。

謎《なぞ》かけのような彼の言葉に、すうっと守天の瞳《ひとみ》が厳しく締まる。だがなにも言い返せない。相手は次代の三界主天《さんかいしゅてん》になるかもしれない人物なのだ。

「はい。おまかせします」

頭を下げて礼をとった守天に、いつまでも男神はかまっていない。

朦朧《もうろう》としているアシュレイが、もがいて伸ばした手をすぐに握ってやる。絶句するほどの甘やかしようだった。

驚いて顔を見合わせている兵士を連れて、守天は部屋の外に出る。

彼らには、あれはアウスレーゼの力でアシュレイが霊力の復活を促されているのだと説明し、あの口づけも治療を口からしていただけだと言い含めた。

だが男神《だんしん》がアシュレイに示した関心の深さが、天主塔に勤める者達の間で、またたく間に噂《うわさ》となるのは目に見えていた。

守天が人払いを命じるまでもなく、すでに扉はアウスレーゼの結界がかかり、開けなくなっている。

ふたりきりの室内で、まだあんな口づけをするのか？

甘えるようにあがった小さな悲鳴が、守天の耳の奥に残っている。

アシュレイは他人が一緒だと眠れないはずなのに。

あんなふうにしっかりと手を握られても、抵抗すらしないなんて。

執務室に戻り、昼間できなかった書類の署名を片づけようと思っても、守天は仕事に手がつかなかった。

嫉妬《しっと》で頭がくらくらしていた。

アシュレイに誰かが触れる場面を見ることが、こんなに辛《つら》いとは思ってもみなかった。

あのとき。

本心では、アウスレーゼを突き飛ばしたかった。

触れるなと。これは私が守るのだと叫べたなら——。

あの口づけや手を握らせたのは、怪我《けが》をしていて意識がなかったからだ……と守天は自分を宥《なだ》めたが、我慢できずにアウスレーゼの部屋を遠見鏡《えんみきょう》でのぞいてしまう。

『蒼《あお》の間《ま》』は、寝台以外の場所は、いくらか明るくなっていた。二人一緒に寝台に横になっている輪郭が目に入ったとたん、守天は衣の上から心臓を強く摑《つか》んでいた。

息も忘れて見入った。視線は、ふたりの唇のあたりに張りついている。

そのとき、ふたつの頭が重なり、ひとつの影となった。

口づけて霊力を注ぐ方法など聞いたこともない。守天はたまらず遠見鏡を消した。

「なんのつもりだ！　いったい！」

椅子《いす》から立ち上がり、暗くなっていく外の景色を窓ごしに眺めていたが、固く握っていた拳《こぶし》を、ふいに窓ガラスにぶつけたくなる。

体内で暴れまくっている感情を、血を流すことで全部外に吐き出してしまいたい衝動に駆られていた。

だがガラスに手がぶつかる寸前で、両者の間に空気の凝固した弾力材の役目のような、目には見えない障壁《しょうへき》が生まれた。守護主天の肉体にかかった『禁忌』だった。

守天の身体《からだ》は、素手でなにかを叩《たた》き壊《こわ》すことも、誰かに向かって攻撃する、というかたちすらもとれない、禁忌のかかった身体なのである。

『防衛』には無敵でも、傷をつけることができるのは自分の肉体にだけだった。情事のさなかも、相手の身体《からだ》に爪跡《つめあと》を残せたためしはない。

だからなにかをこの手で壊したいときは、間接的に動くしかなかった。

守天は肩のマントの留め金をはずし、布をしぼって摑《つか》むと、思い切り机の上に叩《たた》きつけた。書類以外に筆記具や金印まで床にふっ飛んでいく。そのまま大股《おおまた》で机を回り、花瓶も思い切り力をこめて払って転がした。

結界をはずして窓を開放し、外風を呼びこむと、机の上に残っていた未決済の書類までもが宙に舞い、室内に散っていく。

そこでようやく、閻魔《えんま》の結界が突然消えた訳を男神に尋《き》き忘れたのを思い出した。

「尋くまでもないか。あれは、あの方のなさったことだ」

力の差を、まざまざと見せつけられる思いだった。

アシュレイを天主塔に閉じこめても、自分はなにも解決してやれない。彼が問題を起こさないよう、口うるさく注意することしかできない。

アウスレーゼはそんなことはしない気がする。アシュレイも一度は全力で戦えた相手になら、少しはおとなしくなり、彼の言うことは聞くのではないか？

暇をもてあましている者同士だし、アウスレーゼの酔狂でもあり奔放な部分はアシュレイもつきあいやすい気がする。

「誰か！」

守天はマントを椅子《いす》に叩《たた》きつけると、書類の散乱した床には目もくれず衛兵を呼びつけた。入ってきた者達は室内の惨状に目を丸くする。

「これは」

「風で飛び散ってしまった。戻しておくよう、文官に伝えてくれ」

「は、はい！」

「疲れた。今日はもう寝《やす》む。食事はいい」

苛《いら》ついたしぐさとは反対に、傷ついた表情と口調に、誰もなにも尋《き》けなかった。


人間と天界人に直接関《かか》わっている御印《みしるし》つきの神は、閻魔《えんま》大王と守護主天のみ。

閻魔は霊界で、人が生命を終えたあと裁き、生まれ変わるまでに必要な拷《ごう》を与える。

守天は、生きている間の寄る辺《よべ》ない叫びに耳をかたむけ、人を正しい道へと導く。

幼い頃から、ずっと言われ続けてきた言葉だ。

自分の責任の重みに、決して疲れてはならないと。そのとき、人を救う者がこの世からいなくなるのだと。

でも……なぜそれが、自分でなければならなかったのだろう。

守天は自室で酒を飲みながら、寛衣《かんい》姿で長椅子《ながいす》に身体《からだ》を投げ出していた。寝室に下がったものの、とても寝つけなかった。

——守護主天様は、人間界を守るため、人の歴史を導くために生まれたのです。

——誰よりも、この世のどんなことよりも尊いことです。

——この世で一番祝福された方。光の化身。幸せを運ぶ神。

——だから、ほほえみを……ほほえみを。

——あなたの代わりはどこにもいない。

「こんな身体、欲しければ誰にだってくれてやる……」

いくら飲んでも酔えなかった。手足の感覚はいくらか鈍くなっているが、眠りに落ちるほどではない。

アシュレイも酒を飲んでも滅多《めった》に酔わないが、樽《たる》ごと持ってこいというのが柢王で、彼は一番強い。桂花は甘い酒と果実酒以外は駄目らしい。

アシュレイは桂花を嫌っているので四人で飲んだことはないが、元服《げんぷく》前、柢王とアシュレイが、この部屋に酒を持ちこんで泊まったとき、まっさきに酔いつぶれたのは自分だったのを覚えている。

アシュレイに膝枕《ひざまくら》されながら彼の身体に腕を回し、この長椅子でうたた寝したのだ。

あの頃は自分も、愛する者に素直に接することができた。それが、守護主天の責務から自分を解放できる、ただひとつのゆとりだった。

『自分の時間を残せよ』と、柢王はいつも言い、アシュレイを特別に自分がかまうことを、ひやかしたりはしなかった。

柢王は知っていたのかもしれない。アシュレイを親友から、もっと特別な者として見つめるようになっていた、この気持ちを。

柢王がそういう態度だったから、アシュレイが同性だとか、そのほかの問題は、いずれどうにかなるだろうと心配していなかった。

ただアシュレイの気持ちだけが大切だった。本人がどう思っていようが、彼は南の次期国王だし、恋愛には慎重な性格だから、ゆっくりと時間をかけて、自分の気持ちを伝えるつもりでいた。

それができないとわかったのは、守護主天として元服《げんぷく》を受けた日だ——。

父として儀式に立ち会った閻魔《えんま》は、赤い結界光《けっかいこう》で満たされた鏡の室《むろ》に自分を連れていき、守護主天の肉体の秘密を初めて明かした。

言葉ではなく、閻魔の霊力である赤い光に守天の御印《みしるし》が侵食された瞬間から、絵姿で見てきただけの《過去の守護主天》達が、周囲の鏡にすきまなく映し出されたのだ。

何世代にもわたる守天の中には、身体《からだ》を繋《つな》げた相手の肉しか食べない者もいたし、他人の霊力を蓄える術を会得《えとく》した者もいた。誰ひとりとして、罰せられもせずに。

肉欲《にくよく》の歴史はもっと凄《すさ》まじく、何千という数の情人の手が暗闇《くらやみ》から伸びてきた。気絶しても夢の中まで追いかけてきた映像は、目を覚ましたときにはもう、自分の記憶の中にしっかりと根をおろしていたのである。

ようやく頭が動きだして最初に思ったのは、アシュレイをいつの日か、この腕に抱ける日は、永遠にこないということ。

唯一の救いは、彼を汚《けが》さずにすんだこと。王族である彼の魂と肉体を。

それだけを自分の心の支えとして、彼から離れる決心をしたのだ。それなのに。

「なのに……アウスレーゼ様に興味を持たれるなんて」

天数《てんすう》であるアウスレーゼは、自分とたいして肉体の創造方式は変わらないはずだ。御印《みしるし》つきの身体《からだ》は、すべてが汚らわしい。

そのとき、暗い部屋の隅に人が立っていたことに、ようやく気づく。

「アウスレーゼ様……いつからそちらに」

湯を浴びた帰りなのか。寛衣《かんい》姿の男神《だんしん》の髪から、わずかに水の匂《にお》いがしている。

「守天殿。お寝《やす》みなら、寝台のほうがよろしいのでは？」

「いえ。まだ少し残っています」

嫌悪《けんお》していても、それを顔に出すつもりなどもちろんない。守天はグラスに残っていた酒を一口あおり、ひとり宴《うたげ》に誘うように酒を見せた。

「いかがです？　そこの戸棚にまだあります」

アウスレーゼは腕を組み、けわしい表情を向けている。

「まるで恋にやぶれたかのようだ。荒れた瞳《ひとみ》をしている」

ゆっくりと近づいた男神《だんしん》は、長椅子《ながいす》の前にあった酒瓶を持ち上げ、一本丸ごと守天が空けてしまったのを知ると、やれやれと溜《た》め息《いき》をつく。

「私にだって発散したい日ぐらいあります！」

守天は残っていた最後の一口を飲もうとしたが、強い力に手首を摑《つか》まれた。グラスは長椅子の上に落ち、中身が布に染《し》みこむ。

「もうやめておけ」

「……っ⁉」

荷物のようにアウスレーゼの肩にかつがれ、そのまま隣室の寝台まで徒歩で運ばれた。

酒の香りに胃を刺激され、喉《のど》までむせかえる。

「う……」

「飲みすぎだ。ああ、聖水があるな」

枕元《まくらもと》にあった水差しを見ただけで、アウスレーゼは中身が聖水だと当てた。

だが守天は聖水など飲みたくない。せっかく頭が朦朧《もうろう》としてきたところなのに。

「いりません。せっかく……うわっ」

男神《だんしん》は守天を乱暴に寝台に放《ほう》り投《な》げると、愉《たの》しげに自分も寝台に上がる。

彼がなにをしに来たのか、ようやく守天は気づいた。目を見開いて凝視する。

「なにをなさいます！」

「額に御印《みしるし》を頂く者のくせに、これほどただの神族に染まっているとはな」

男神は、蔑《さげす》んだまなざしと嘲《ちょう》笑《しょう》を浮かべた口元で、呆《あき》れたように言う。暗闇《くらやみ》がそれを、いっそう非情なものへと変えた。惨忍《ざんにん》で卑猥《ひわい》な空気が室内に流れだす。

「こたびの守護主天殿は、困ったものよ」

アウスレーゼは言いながら守天の手首を摑《つか》んで、御印に唇を寄せた。

「今のそなたは使《つか》い女《め》と兵士を脅《おび》えさせるだけだ、若君。我《わたし》に助けを求めてきたぞ」

「やめてください！」

「よけいなことを……」

今頃回ってきた酔いのせいで、もどかしいほど弱々しい抵抗しかできない。それでももがき、首を振ってずり下がるが、遠慮のない男神の手に腰紐《こしひも》を摑んで引き戻される。

唇を吸われる前に、守天はアウスレーゼの肩を突き飛ばす。同時に自分の身体《からだ》に、結界を張った。最後の抵抗だった。

だが男神が指を鳴らしただけで、やすやすと結界など破られた。守天の寛衣《かんい》の紐と下ばきも、つぎつぎに繰り出された霊力で身体から離れていく。

上衣だけは手で押さえ、守天は広い寝台の上を這《は》い回《まわ》った。

「子猿も可愛《かわい》いが、そなたは格別。月の花でも、別格だ」

「おたわむれは……っ」

アウスレーゼの額には、存在を誇張するかのように薄光を放った御印《みしるし》が浮いている。

同じ御印つきの身体《からだ》に、わずかなりとも触れられた肌の一部や自分の御印から、身体の奥を目指して燃え立つ、おぞましいなにかを守天は感じていた。

(こんなときでさえ《この身体》は欲しがるのかっ⁉)

自分の意志を無視して、他人の熱を欲しがっている肉体に、怒りで守天の肩は震えた。

「月《つき》の宮《みや》では許される身でも、この天主塔で不埒《ふらち》な真似《まね》はしてほしくありませぬ！」

「わめくな。扉に結界も敷かずに。使用人達につつ抜けだ」

そうは言ったが、男神《だんしん》はここに繋《つな》がる通路すべてに、とっくに結界を張っていた。巡回の兵士達が疑問を抱かぬよう、簡単な術もかけた。

「そなたは、この身体の使い方を知らなすぎる。我《わたし》が御印を通じて視《み》ていたことも、ただの挑発と思っているな」

「……なんのことか……」

「怒ってはおらぬ。一番最初に、遠見鏡《えんみきょう》を使ってみせたであろう。あれに、そなたの御印までの履歴《りれき》が残っていた。もちろん閻魔《えんま》殿のものも」

まだわからずに、守天は眉《まゆ》をひそめる。男神《だんしん》は続けた。

「肉体を繋《つな》げたこともない者と、意志の疎通を交わすことはできぬ。だが遠見鏡《えんみきよう》とそなたの御印《みしるし》を繋ぐ《光の糸》をそのまま、我《わたし》が繋げてしまえば、そなたの思念と道を通すなど楽勝。額に刺すような痛みを、何度か覚えたであろう？」

あの小さな刺痛が、そんなことに利用されていたなんて思ってもみなかった守天だ。

「我とそなたは今も繋がっている。そなたの目に映るもの、我をうとましく思う感情はもちろんのこと、八紫仙《はっしせん》への苛立《いらだ》ちも欲しいときに読みとれる」

悪趣味な！　と守天が吐こうとしたとき。

「むろん、子猿のこともな」

そう言って喉《のど》の奥で男神は笑った。

尊い持ち物を使いこなせない若輩者に、ことごとく呆《あき》れきった表情で。

「霊界の父上殿は、なにも教えてくれなかったのだな。教えればそなたに逃げられると思われたようだ。今生《こんじよう》の閻魔《えんま》にいいように弄《もてあそ》ばれ、やがてそなたは、その身を独占される」

「まさか！」

「そなたには力がない」

膝立《ひざだ》ちで腕を伸ばした男神の胸に、やすやすとその身を抱きこまれたとき、耳に苦笑混じりの声が流しこまれた。

「一番乗りとは思わなかった。可愛《かわい》かったぞ、子猿は」

「なっ……！」

「あれだけ可愛がっているそなたなら、とっくに味見をしたと思うていたが」

守天の肌から立ち昇る、くちなしの香りを吸いこむように男神《だんしん》が顔を押しつけてくる。

「まさか」

「初々《ういうい》しく、硬い果実のごとき肉体だったぞ。勝負を挑まれてな。勝ったら首をくれると約束した。我《わたし》は首の代わりに貞操を……」

「抱いたのかっ⁉」

守天の目の前がまっ赤に染まった。感情が爆発する。目前の脅威など吹き飛んだ。

「抱いた」

羨《うらや》ましいかと、まなざしが語っている。

次の瞬間、男神は寝台横にあった水差しの水を浴びせられ、びしょ濡れとなっていた。

酒気の抜けた憎しみの瞳《め》で、守天が男神をまっすぐ射貫《いぬ》く。

自分の拳《こぶし》で殴りつけてやりたかった。殺してもあきたらないとさえ思う。

怒りで震えの止まらない拳に、皮肉を浮かべた男神の視線が動いた。

「やるな、若君。女泣かせの手練《てだれ》と聞いていたが。純情はアシュレイに捧《ささ》げたか」

「あいつは南の跡継ぎだ！」

アウスレーゼは軽く、いなした。もとよりアシュレイの出してきた交換条件。それを呑《の》まずに命を救ってやったのだ。当然だろうと、その目は語っている。

「あの勝ち気な子が涙をこぼしたわ。泣かれるほど、ひどいことをした覚えはないが」

天主塔を出たときからアウスレーゼはその気だった。負けるつもりなどなかった。

守天が手をつけたものなら味見してみたかったし、口づけたときアシュレイは拒まずに、自分からも口をわずかに開いた。

朦朧《もうろう》としていても身体《からだ》は期待していたということだ。無防備な、信じきった幼さで。

「人馴《ひとな》れない手負いの獣。そんな目標《えもの》ほど、心躍るものはない」

「そんな気持ちで手を出したのか！」

「そうだ。口づけのさなか、子猿は想《おも》い人《びと》の名を呼んだ。胸の中で」

守天の胸が締めつけられる。アシュレイに、そういう相手がいてもおかしくない歳《とし》なのだ。まだ数年は先だろうと、頭のどこかで安堵《あんど》していた予想が突き崩される。

「その者と我《わたし》を勘違いしてな。たどたどしく舌を吸われた。人のものを奪うのはよい」

「あ、あんまりだ！　可哀想《かわいそう》に！」

「嘘《うそ》をつけ。嫉妬《しっと》で我をなぶり殺したいと、そなたは全身で叫んでいる」

この男に隠しだてはできない。御印《みしるし》を手で押さえても意味はない。

「守護主天が武将と？　ままごとのような恋だな。はは……ははは！」

とっくに周囲には男神《だんしん》の結界が張ってある。気脈《きみゃく》に囲まれ、守天は戦う術《すべ》がない。御《み》印《しるし》を押し返そうと念じてみたが、それでは届かぬ、と失笑の念だけを返された。

「強情を張るな。楽にしてやる。我らは御印を頂く者同士。ただの神族の坊やと乳くり合う夢は捨てよ」

守天の睨《にら》みつけるまなざしが、いっそうきつくなっても、アウスレーゼは、そんな表情の変化でさえ楽しんでいた。

「そなた、睨むと、きつい顔になるのだな。アシュレイと同じで」

寝台の中央で、守天の身体《からだ》が仰向けに押し倒される。足が開かれ、その間に男神の膝《ひざ》がすべりこみ、互いの吐息がぶつかるほど接近した。

「嫌だ！　はなせっ」

片手で守天の手首をまとめて摑《つか》むと、アウスレーゼのもう片方の手は上衣を開き、陶器のような、なめらかな白い胸をむき出しにする。

とっくに下肢を覆う布はない。

寝台の周囲に光は置いていなかったが、アウスレーゼの額が、ぽうっと輝くと、その光がくまなく守天の裸体を照らしだす。

「く……っ、やめて、やめろっ！」

女性を抱いたことはあったが、守天には男色の経験はなかった。

閻魔《えんま》はそれを知ると、この身体《からだ》が学友と外に出ることですら嫌がった。あの男が自分をいずれ抱く気だったのは、守天もうすうす気づいていた。

閻魔は御印《みしるし》つきの神だというのに、守天とはまるで反対で肥え太り、黒い髪と耳の下から口のまわりを髭《ひげ》で覆いつくした、こわもての外見だ。浅黒い脂ぎった肌で、手足も脂肪がたっぷりとついており、黒と銀を基調にした衣を常に身にまとっている。

その彼の任期は、たぶんあと十数年。

守護主天より閻魔の任期が短いことは、元服《げんぷく》のときの過去の記憶から知った。だからなんとかして逃げきりたかった。御印の身体に犯されるなど、絶対にされたくなかった。

「……思い出せ。そなたには初めてでも、そなたの肉体は、御印の味を覚えている」

男神《だんしん》の言葉は嘘《うそ》ではなかった。肌を撫《な》でられ、腿《もも》の内側のやわらかい場所をさぐられるだけで、守天にも肉体が燃えだすのがわかる。

懐《なつ》かしいものを思い出し、待ち焦がれていたかのように細胞がざわつきはじめていた。

「嫌ですっ！」

恐怖で硬くしこった胸の突起を、アウスレーゼの指にはさまれると、腰から背まで痺《しび》れが駆けのぼってきた。過去の守天達の記憶が頭の中でスパークする。腰が熱く震える。

「あの子に手を出さぬのは、我らの生《せい》を思ってか？」

逃避と快感に苛《さいな》まれている身体に、意地の悪い声が流しこまれた。

男神《だんしん》にやんわりと手の中で揉《も》まれた股間《こかん》のふくらみは、とっくに滴をこぼしている。

「……っ」

守天は首を振る。

「何度もくりかえし使われる、この『器《うつわ》』以外のなにものでもない身体《からだ》が許せないか」

揉みしだかれるたび、気が狂いそうな快感を跳ねのけたくて。

「御印《みしるし》を頂く神の中でも、最上の美形。それが守護主天よ。我《わたし》が見てきた歴代の中でも、そなたは格別。そしてこの肉体は我よりも、もっと多くの者を愛《め》でてきた。ここで繋《つな》がるのが楽しみなことよ。守護主天とは契《ちぎ》ったことがないのでな」

ひくりと守天の喉《のど》がひきつった。男神の手の中で、きらめいてこぼれる。

達《い》ったな、とくすくす笑った声に、たまらず守天は目を閉じた。

アウスレーゼは守天の手を解放し、その背を起こして上衣をとりさる。

「快楽を知り尽くした身体、とくと味わわせてもらうぞ」

自由になった手で守天は顔を覆った。男神の額の光から、逃げるように。

「そんな記憶、私には関係ない！」

「そう。関係ないが、そなたは知ってる。混じり合いで、創《つく》られた肉体の記憶が、そなたには……」

「やめろ！　聞きたくないっ」

顔から耳に移した手で声を遮断したが、そうすると今度は御印《みしるし》に直接、アウスレーゼは語りかけてくる。

〈なにを苦しむ。それが天数《てんすう》の運命《さだめ》よ〉

守護主天の身体《からだ》の記憶は、すでにティアランディアの頭の中に根を下ろしていた。アウスレーゼの言うとおり、代々の守天は皆、この記憶を受け継いでいる。

記憶があるのは、この肉体が何度死んでも生きかえらされ、新しい魂を吹きこまれただけの使い回しだからだ。

首から上の造形を、多少変えられただけの再生人形。

〈実験だ〉

そう言って男神《だんしん》が守天の額に指でバツ印を書き、その中心を押したときにはもう、守天の肉体に変化が出ていた。

「……はうっ！」

頭の中で別の人格が、むくりと頭をもたげたのだ。と同時に、自分の意志に反して守天の腕は男神の首に回されている。

〈ふふ。そなたの名は？〉

「ネフロニカ……。ネフロニカ・フェイ・ギ・エメロード」

守天の声なのに、まったく意識せずに口が勝手に動く。

腰がぶつかり、アウスレーゼが身体《からだ》を進めてくると守天の膝《ひざ》が持ち上がり、腰が淫猥《いんわい》にくねった。どんどん自ら受け入れる形をとりはじめる。

今やこの肉体は、前任の守護主天の記憶をたどり、動きを変えはじめていた。

前任のネフロニカは閻魔《えんま》の父だった者。彼は息子とも、ときたま肌を合わせていた。

歴代の中ではもっとも派手な衣装を好み、肖像画が一番多い人物。

アウスレーゼは思うさま、その甘美な誘いこみと肉体を味わう。燃えて乱れて、腰を振って煽《あお》る守天の肉体に、負けることなく的確に快楽を注ぎこむ。

「……守天殿。ティアランディア殿」

気がつけば、意識が飛んでいた守天の頬《ほお》を、男神《だんしん》はそっと叩《たた》いて名前を呼んでいた。

「あ、う……」

ひきしまった腕の中に頭を抱きこまれ、よしよしと口づけを受けると、たった今体験した、おぞましいやりとりが守天の頭の中で回りはじめた。

「うわぁぁぁ！　やだ！　消してくれっ！　私を殺して……っ」

「落ち着け。前任のネフロニカ殿から、なにを学んだ？」

学ぶどころか、このまま人格を見失いそうだった。守天は激しく頭を振って男神の胸に顔をうずめる。

「子猿同様、まだまだ子供だな。若君」

苦笑混じりの抱擁をしていたアウスレーゼが、守天の肩を摑《つか》んでひきはがす。

「もう一度だ」

今度は仰向けになった男神《だんしん》にまたがる形をとらされ、抵抗してもまた、御印《みしるし》にツキンと刺す痛みを覚えたとたんに、自ら腰を持ち上げ尻《しり》を割り、アウスレーゼの象徴を呑《の》みこんでいた。先ほど注ぎこまれた男の精が体内から押し出され、溢《あふ》れだす。

自分の口から艶《なま》めかしい声があがるのを合図に、するりと意識がとり替えられた。

わけがわからなくなる熱さの中、閻魔《えんま》を手玉にとったネフロニカの唱えた呪文《じゅもん》が、ものの凄《すご》い勢いで流れていった。守天は必死でそれだけを、記憶の手前に引き戻す。

気がつけば、アウスレーゼに口うつしで水を飲まされていた。

「今度はわかったようだな」

横抱きされていた身体《からだ》が寝布にうつぶせに置かれると、あまりの疲労感で目を開けていられなくなる。いくらか、まどろみ、目を覚ますと、男神に頭を撫《な》でられていた。

「御印つきの神は、光の糸を繫《つな》げれば互いの感情を読みとれる。霊界の閻魔殿から逃《のが》れる方法は、これの逆だ。そなたが額の糸を切り、抵抗力をここに集中すればよい」

「は……い」

「しかしそれだけでは完全ではない。そちらはおいおい、な。閻魔殿の結界は、しばらく我《わたし》の監視下に置く。あれでは、そなたが狂ってしまう」

髪に指を差しこみ、頭を撫《な》でてくる大きな手に守天は目礼した。

閻魔《えんま》を抑えてくれるのは正直ありがたかった。同時に覚悟を決めた。

「お願いが……ございます」

「なんなりと」

「ご滞在中、乾いたこの身にお情けをいただけますか」

静かな瞳《ひとみ》で守天を見つめていた男神《だんしん》が、ほほえんで御印《みしるし》に口づけてくる。唇が離れると、額の光を弱めてのぞきこんできた彼に、はっきりと守天は言った。

「私だけを愛してください」

真上からの息を呑《の》むような気配を、守天は枕《まくら》に頭をつけたまままっすぐ見上げている。

無力だが、こんな戦い方もあるのだと。冴《さ》え冴《ざ》えとした瞳が無言で語っていた。

アシュレイには、もう二度と手を出させないし、自分の心も読ませない。

アウスレーゼの奔放さを止めたいのなら、本気で身体《からだ》を張る覚悟がなければ。

「……覚えが早いことよ。もう心に壁を作って、我《わたし》をはじくか」

男神の秀麗なまなざしに、ほんのわずか寂しさのようなものがよぎったが、苦笑の形にゆがんだ唇にばかり目を引かれ、守天はよく見ていなかった。

「なにもかも知られる関係など、情事には向かないのでは？」

汚《けが》らわしい、御印つきの身体――。

自分と同じこの身体《からだ》が、二度とアシュレイを汚《けが》せなくなるなら、なんだってする。

「それほどまでに慈《いつく》しんでいる者の、どこを見ているのだ、そなたは」

アウスレーゼの作っていた甘やかな空気が、一変して冷えたものとなる。

「アシュレイを守る前に、してやることがあるのではないか？」

起き上がって身支度《みじたく》している背中を、いぶかしむように守天は見つめた。

「……守る前にすること？　彼はかたくなで、私の説得など聞きま……」

「そうではない」

立ち上がったアウスレーゼは肩ごしに振り返ると、情事のあとの親密さを完全に消しさった背を向けたまま、はっきりと言った。

「そうやって逃げている者に、あれほど幼い心は包めるはずもない、か」

そうまで言われても、守天にはわけがわからない。

「そなたの申し出、しかと申し受ける」

この城に滞在するかぎり、そなただけを情人にするとアウスレーゼは約束し、部屋にかけた結界をはずしたときにはもう、姿は闇《やみ》に消えていた。

四

アウスレーゼが守天《しゅてん》との二人きりの秘密を持った翌日から、アシュレイは問題を起こさなくなった。

目覚めたとき、香木《こうぼく》の高貴な香りをまとった身体《からだ》に頰《ほお》をぶつけて眠っていたのだ。アウスレーゼに「寝顔が可愛《かわい》い」と言われ……それが、ひとつめの弱み。

もうひとつは、ギリのせいで痛めつけられた霊力を癒《いや》されたことを本人の口から聞いた。憎い相手だが、命を救われたと認めるしかなかった。

おとなしくせよ、などと無粋《ぶすい》をアウスレーゼは口にしない。

親を亡《な》くして鳴いていたリスの子供をアウスレーゼが森で拾ってくると、アシュレイが自分から『蒼《あお》の間《ま》』を訪ねるようになっただけのこと。

元服前《げんぷく》の塾で、アシュレイは何年も飼育係をしていた。

エサのやり方や、トイレのしつけも慣れたもので、そんな彼の優れた部分を見つけては、ひとつずつ男神《だんしん》は褒《ほ》めた。

そうして穏やかに、アシュレイをかまい続けた。

日に三回の食事も一緒にとり、リスのケージも二人で選んだ。小動物の飼育の仕方という本を読んでやったりしたせいか、アシュレイのほうも警戒心が薄らぎつつある。

見た目そのままの、大人なアウスレーゼの行動からは手本になるものが多く、歳《とし》の離れた兄ができたような気分を抱きはじめていた。

でも、しっぽを振っているように見られるのは嫌だった。ときどきは一方的に彼を怒鳴って逃げたりもした。しかしまたすぐ、リスをさわりにくる姿は、天主塔《てんしゅとう》の使《つか》い女《め》や兵士達に安堵《あんど》を与えるだけでなく、アシュレイの隠れた面を周囲に知らせることとなった。

リスがエサを食べるのを見ているアシュレイを眺めながら、アウスレーゼは守天から、差し入れられた煙管《キセル》に葉を詰め、長椅子《ながいす》で優雅に横たわる。

守天との情事は、あれから毎夜続いていた。

手加減なしで抱いても、翌日きちんと執務室《しつむしつ》にいる彼は、アウスレーゼが当初思っていたよりも気丈だった。

守天ほどの美しさなら、たとえ全身でもたれてこられても男冥利《おとこみょうり》に尽きるが、退屈させないプライドの持ち主となれば、それはそれで目が離せない。

自分の過去の情人達が欲しがった、その場しのぎの愛の行為を逆手にとり、守天は肉体を使って監視している。そんなことをした者はこれまでいなかった。

男神《だんしん》はこの関係を、なかなか気に入っている。

守天がいつ音《ね》をあげるか、どうやって音をあげさせようか考えるだけで、久し振りに、なにかを追いかけている愉《たの》しみを味わっていた。


「なにニヤニヤしてんだ」

「ん？」

獣の勘をした声が、煙管《キセル》から甘い煙をくゆらせる男神を睨《にら》みつける。

「いつまでいるんだ、おまえ。きっと大騒ぎになってるってティ……いや、なってるんじゃねーのか？　御印《みしるし》つきって、最上界《さいじょうかい》でも珍しいんだろ」

「我《わたし》は若輩《じゃくはい》。大丈夫だろう」

「あっちで、どんな仕事してるんだ？」

「特にはなにも」

たなびく雲のように、ゆったり広がっていく紫煙《しえん》をぼんやりとアシュレイは見つめる。

守天に借りた最上界の本は、床に投げ捨てた日以来、どこにやられたかわからず、まだ読めていなかった。アウスレーゼから守天に尋《き》いてもらったが、彼のもとにも戻ってきていないらしい。……あれから、もう四日。

あの場所は、内門《うちもん》から先の面会予約がなくても、誰でも入れる場所なのに、それを考えずに放置したのは自分の責任だとアシュレイは反省していた。

守天はなにも言ってこないが、昔から本を大事にする性格だった。

蔵書室から手元にひきとったほどの本がなくなると、困るかもしれない。

「……俺、ちょっと行くとこあるから」

リスをケージの中に入れたアシュレイは、そそくさと退室すると、最初にどこを捜そうか迷いつつ、とりあえず姿隠《しおんじゅつ》術で姿を消した。

これなら兵士や使《つか》い女《め》の目を気にせずに、どこでも捜しに入れる。

「あのとき着てた俺の服は、部屋にあるから……」

洗濯されて戻ってきたのは、二日前。運がよければ服と一緒に本も兵士が拾い、使い女に預けたまま、本だけどこかに置かれたのではないか。

アウスレーゼと一緒だからか、昨日と今日はアシュレイを尾行《びこう》してくる兵士はいない。

だから姿隠の術を使えるわけだが。

あんな尾行があるとわかっていて術を使えば、守天はさらに陰険な結界《けっかい》を敷く気がしたから、これまではおとなしく（これでも）していたのだ。

それにしても、なんとなく天主塔の中が今日は緊張しているようだった。

使い女達の格好や、衛兵の制服もいつもと違う。

「……客でも来るのかな」

アウスレーゼよりも大事な客かと、アシュレイが少し城の中を飛び回って情報を集めてみれば、二か月に一度、霊界からの視察団が訪れる日だとわかった。

そういえば、昔からそんなものが来ていた気もするが、元服前《げんぷく》、その日だけは天主塔に遊びに行ってはいけなかったから、実際なにをするのかまでは知らない。

一階まで下がってみれば、厨房《ちゅうぼう》のある廊下には、視察団と守天の昼食会用の料理の匂《にお》いがただよっていた。

「おい。誰が腹の音鳴らしてんだ？」

「俺じゃありません、先輩」

「なんか天井のほうから聞こえてきたような……」

鳴るな！　と自分の腹をぼかすか叩《たた》きながら、アシュレイは兵士の頭上をすいすい飛んでいく。

厨房の中は、まさに戦争状態だったが、ほとんどの料理はできていて、美しく盛りつけられていた。下働きの数人が、互いに声をかけあい、厨房の床をせっせと磨いている。

こんなところまで、視察団は見にくるらしい。アシュレイは眉《まゆ》をひそめた。

みんなの目が皿から離れたところで、盛りつけに気をつけて、ぱくぱく食べてみれば、なるほど、いい味に仕上がっている。感心していたら、つい食べすぎた。

「おい、この部分だけごっそり空間があるじゃないか！」

「さっきは、こんな盛りつけじゃなかったのに！」

「うまいこと直せ！　時間がないぞ」

あたふたと皿の上を直している料理人達の頭上も飛びこえて、アシュレイは洗濯物が集められる場所に、こっそり忍びこんだが、整頓《せいとん》されていて本などどこにも見当たらない。

もしかして蔵書室に戻されたのかもと思いながら、使《つか》い女《め》の控え室ものぞき、昼食会をする広間の廊下に出たとき、略式ではあるが正装姿の守天が反対側からやってくる。

天界で一番高貴な色は、黄色だ。守天は、豪奢《ごうしゃ》な金糸《きんし》の混ざった黄色い絹の衣を、銀細工の混ざった黒い帯と揃《そろ》いの飾《かざ》り紐《ひも》で締め、光の粒子を集めて織ったような淡いクリーム色のマントをつけていた。いつにも増して、美しく神々《こうごう》しい。

姿を消しているから大丈夫と思ったのに、アシュレイのそばに来た守天は、マントの留め金を直すふりで足を止めると、アシュレイの浮いている壁に語りかけた。

「……ここに、おもしろいものはないよ」

背後にいた文官が、は？　と尋《き》き返《かえ》したが、そう言うと守天は歩きだしてしまう。

アシュレイの歩きそうな場所すべてに、炎をはじく結界を敷いてあるから、姿は見えていなくても微妙な気脈《きみゃく》でわかったのだ。

動悸《どうき》の速くなった心臓を、服の上から押さえたアシュレイは、なんとなく悔しくなり、飛ぶ速度をあげて、広間の扉が閉まる前に中に飛びこんでしまった。

霊界からの視察団は、総勢七名。

彼らの見たものが、閻魔《えんま》に報告されるしくみだ。

食事会の場所となる《中広間《ちゅうひろま》》は、普段使われない部屋だからか、アシュレイがまぎれこんだことに守天は気づいていない。

料理が運ばれてきても、さっき軽く食べたので、アシュレイの腹は鳴らずにすんだ。

運ばれてきた料理の説明を料理長がいちいちしながら食事会は進んでいくが、守天だけをじっと見ていたアシュレイは、彼が嚙《か》まずに料理を消化していることに気づいた。

いや、飲みこんでいるわけでもない。あれは……。

(食べずに、どっかに飛ばしてる⁉)

「いつもながら、バランスのとれた食事ですな。守天様。お顔の色もよろしくて」

「ええ。心配ご無用、と父上に伝えてください」

霊界からの視察団を、守天はうまくごまかしている。ナフキンで口を拭《ふ》くふりをしたり、手で髪をよけるふりで、たぶんほとんど食べずに食事会を終了した。

(具合悪いのに、使用人達が責められるから、無理やり食ってたんじゃ……)

アシュレイは気になって、そのあとも少し離れて様子を見ていたが、守天は急ぎの書類があるからと言って執務室に戻り、視察団は二、三人ずつに分かれて天主塔の中を回りはじめた。

そのうちの二名が蔵書室へ向かうと、アシュレイの背に冷や汗が浮いた。

あのあとあそこがどうなったか、まだ確認していない。一万冊ぐらいは棚から落とした気がする。片づけ終わったのだろうか。

それとも八紫仙《はっしせん》が、こんなことになった原因を報告するのだろうか。

今ではアシュレイも、今回の謹慎処分が守天の独断だったことを知っている。八紫仙が二名で廊下を歩いていたとき、それを不満に感じている会話を聞いたのだ。

守天が独断で謹慎などさせたせいで、蔵書室があんなになったと八紫仙が言いつけたら、それは視察団から閻魔《えんま》に伝わり、守天が叱《しか》られるのだろうか。

「……あんなこと、しなきゃよかったのかな……」

使いにくい書棚だったけれど、ここは自分の国ではないのだし、あそこまですれば復旧に時間がかかることは、少し考えればわかることだったのに。

「でも……こんなにすぐ視察があるなんて……知らなかったんだ」

アシュレイが、はらはらしながらついていくと、蔵書室に着く前の廊下にアウスレーゼが立っていた。

今日は、全体的に黒い衣装だが、胸元に華やかに金刺繡《きんししゅう》の入った上衣を身につけ、光沢のある薄い紫サテンのショールを腕にかけている。清流のようなツヤを放つ黒髪は頭の上で一部をまとめただけで背に流しているが、高い身長がさらに高く見えた。

厳かな面持ちで待ちうけていた男神《だんしん》の素性は、額に浮いた御印《みしるし》が証明している。

「おお！　あなた様は！　もしや……」

「いかにも。我《わたし》は最上界の者。ゆるりと滞在させていただいておる」

視察者二名は、急いで廊下の中央に片膝《ひざ》をつき、言葉を拝聴した。

「ははっ！　ご機嫌うるわしく！　主《あるじ》の閻魔《えんま》より、ご不自由はございませぬかと伝言を」

「快適だ。守天殿は勤勉な方。行く末が頼もしいことよ」

次の瞬間、アウスレーゼは手に持っていた扇で、彼らの頭をトン、トンと叩《たた》いた。

「蔵書室はいつもどおりだ。問題なかったと仲間に伝えよ」

アシュレイが、目をぱちくりさせている間に、記憶をいじられた二名は立ち上がり、回れ右して元来た道をゆっくりと戻ってゆく。

アウスレーゼはそれを見送ることもなく、アシュレイのいる場所に視線を向けた。

「もう出てきてもいいぞ」

こいつにもバレてると舌打ちしたが、アシュレイは一回転して下に降り立つ。

「記憶操作したのか。なんでだ」

「きまぐれ……だな」

くすくす笑うアウスレーゼは、アシュレイが口を開くより先に教えてくれた。

「今朝から待ちかまえていた八紫仙全員の記憶も、とっくに飛ばした。彼らも、蔵書室の一件は報告しようか迷っていたからな。問題なかろう」

「おまえ、視察があるって知ってたのか？」

「まぁな」

アシュレイをともなって、男神《だんしん》は蔵書室の中に入っていく。

司書はいつものようにたくさんいたが、誰ひとりとして、こちらを見ていない。

ここには守天の術がかけてあり、天界人は誰も姿を隠すことができないが、アウスレーゼにはなんでもないこと。

だが目前に、本を抱えて歩いてくる司書がいる。ぶつかる、とアシュレイは身をすくめて、思わず男神の上衣を、きゅっと摑《つか》んでいた。

ふわりと紫のショールに巻きこまれる。アシュレイの左腕とはぶつかることなく、司書はそのまま素通りした。

多少の会話は、ごまかしがきくと聞いて、アシュレイは大きく溜《た》め息《いき》をつく。

「この衣、便利であろう？　我《わたし》が上に帰るとき、そなたにやろうか」

「もらう理由がない」

「我《わたし》はそなたを気に入っている。それが理由だ」

　そうだな、とアウスレーゼが低く笑う。

「口づけ、ひとつでよいぞ」

「阿呆《アホ》か。気持ちわりぃな」

「ほぉ。気持ち悪いか。ならあれは……」

　カアァァ！　と、アシュレイの首から耳の先まで紅《あか》く染まる。

　シッ！　と唇の上を、男神《だんしん》の指で押されたから怒鳴らなかったものの。

「あ、あ、あんなの子供の頃のっ」

「そうだったな。くっくっく……」

　ぼかすかと背を殴られても、男神の肩は小刻みに揺れている。

　アシュレイが先日めちゃくちゃにした本棚は、やはり片づけが終わっていない。

　しかし床に本は落ちておらず、腰高の机を何本も繋《つな》げて並べた上に、背表紙を通路側に向けて、数十冊ずつ、ずらりと奥まで積み重なっている。

「……すげー量……」

「守天殿は『永遠への道作り』だとおっしゃり、これらをもっと使いやすく分類せよと命じられたらしい」

　え？　とはじかれたようにアウスレーゼを振り返ったアシュレイの眉《まゆ》が驚いて持ち上が

り、嬉《うれ》しそうに瞳《ひとみ》が輝きかけたが、慌《あわ》てて下を向いた。

「へ、へぇ！」

「八紫仙には反対されたようだが、気丈でな。顔に似合わず」

男神《だんしん》の説明に背を向けてはいるものの、アシュレイは空の本棚を見て口が笑わないよう、わざと唇を噛《か》んでいる。

自分が言ったから聞いてくれたわけじゃないかもしれない。

でも、なにを馬鹿《ばか》な……とは思われなかったということだ。

「さてさて。そなたの捜しもの、見つかるとよいが」

なにも言わずに退室したのに、なぜか男神はアシュレイの目的を知っていた。

観念して、ごまかすのはやめる。

「……借りっぱなしは気分が悪いからな」

振り返ると、アウスレーゼは左手を差し伸べていた。掌《てのひら》を上に向けて。

「なんだよ」

「ここに手をのせてみよ」

アシュレイは一歩近づいて、しぶしぶ手を置く。

男神は目を細め、結んだ口の端は心持ち上がっている。彼の目の奥の動きを、じっとアシュレイは見つめた。

こんなことで本が見つかるなら苦労はしないと思うものの、最上界の力なら、もしや、という期待は大きい。

「三冊だったな」

「そうだ。大きさは全部違って、一番大きい本は革張りで赤くて、ほかは緑と茶で！」

「あるな。ここに戻ってきた」

今のは手から残留の気をたどったのだと、アウスレーゼは丁寧に説明してやった。この本の山から見つけ出すのは辟易《へきえき》ものだろう、と思いながら。

アシュレイは王子だし、勉強はあまり好きではなかったらしいことは、すでに天主塔の使《つか》い女《め》から聞き出している。

やめやめ、と手を上げるとばかり予想していた。

返ってきたのは耳を疑う言葉だった。

「わかった。今日中に捜す」

そう言うと、手近な場所から本を確認しては、横にずらしはじめたのである。

アウスレーゼが穏やかな声で尋《き》く。

「使い女を何人か呼んで、手伝わせては？」

もくもくと作業を開始した背中は、短く一言「いい」と返した。

ふむ、と扇で自分の肩を叩《たた》いていた男神《だんしん》は、周囲に結界を張ると、アシュレイの肩をさわってどかせ、うす紫のショールを本の上に置いた。

一列に並んでいた机の上の、ある部分までショールが届くと、本の山がカタカタ小刻みに揺れだし、何十冊もの本が、突然宙に浮いた。

「わっ！　なんだ！」

「この中から、表紙の赤い革張りの本だけを呼んだ。なければ次を捜す」

手伝ってくれるのかとアシュレイは驚いて男神《だんしん》を見上げたが、礼の言葉をなかなか口にできない。しかし、この方法は百人力だ。

「なにをしておる、子猿。さっさと見つけて囲碁をしよう」

「猿じゃねぇっ！」

「そうだな。猿には、そなたのような責任感はない。ご立派だぞ」

俺のせいでこうなったんだから、俺がひとりで責任をとる、とアシュレイは怒鳴り返さなかった。いつもそう言って、がむしゃらにひとりで後始末をしてきた自分を、今初めて、心から恥ずかしいと感じたのだ。

亡《な》くなった副官のひとりが、こんなことを言っていた。

『人に自分の心を伝えることも、王となる者には必要なことです』と。

あのときは、その言葉の意味するものがわからなかった。

王になる気がないのは、今も変わらない。

でも、その言葉の意味をわかろうと努力しなかったから、狭い範囲のつきあいしかできなかった。その結果、周囲に迷惑をかけているのも、少しわかってきている。

アシュレイの力を称賛してくれた武器職人の息子は、あなたのためなら最高の武器を作ってさしあげたいと言ってくれた。そして違法な方法で、ひとりで北の土地に忍びこみ、運悪く魔族とかち合って亡《な》くなった。

今までで一番気に入っていた副官も、あなたのやり方に自分も従うと言って、ひとりで魔族が出るかもしれない場所に行ってしまい、二度と戻らなかった。

ひとりで責任をとろうとする自分のせいで、あの二人は犠牲になったのだ。

「あった。赤い本！」

出てきた本を両手で掴《つか》み、じっと見つめていた瞳《ひとみ》に熱い水が盛り上がってくる。

アウスレーゼは、動きの止まった背中を見つめた。自分の霊力から作った鍼《はり》を打ちこんだ身体《からだ》に宿る心なので、わずかだが、今のアシュレイの神妙な気分は伝わってくる。

だがやがて、毅然《きぜん》としたオーラが神妙さを覆いこんだ。自分を叱咤《しった》する強さで。

アウスレーゼはそれを微笑して見守る。

「あと二冊。次は緑の本だ。あ、ここらへん集中的に」

「囲碁の相手は？」

返事がまだだ、とアウスレーゼはクスクス笑い、扇で自らを煽《あお》ぐ。

「気がすむまで相手してやるさ。でも俺、あんまし強くないぞ」

「よいのだ。我《わたし》はそなたを気に入った。我の相手をすれば、やがては強くなろう」

頭脳勝負は苦手だが、強くなる、という言葉には心魅《ひ》かれるものがある。

アウスレーゼのおかげで、それほど時をかけずほかの二冊も発見すると、アシュレイは蔵書室を出たところで、感謝の言葉を短く口にしたのだった。

＊

守天は、霊界の視察団が問題なく帰っていった日も、ずっと執務室にこもっていた。

ここ最近、これまで以上に天界全域に魔族の出没が増えているせいで、片づけても片づけても書類の処理が追いつかない。

小物から大物まで、まんべんなく出没していた。自分の代になってから、ここまで魔族が跋扈《ばっこ》したことなど一度もなかった。

発見報告が多いのは主に、南領《なんりょう》と東領《とうりょう》。

この数日は、死人の報告こそないが、すべての国でもっとも売れ行きが増えているのが、南の開発した携帯用の《火炎放射器《かえんほうしゃき》》だそうだ。

兵士だけでなく、一般家庭にまでそれが出回るなど、天界の歴史始まって以来ではないだろうか。

世間が不穏になると天界人は、守護主天《しゅごしゅてん》の力が弱いのではないかと噂《うわさ》をする生き物だ。

そのくせ、聖水《せいすい》だけは大量注文をどこの町も申請してきていて、天界と各国役場の聖水管理の担当者からは、まだまだ足りないと矢のような催促ばかり。

守天は、毎日の面会時間を大幅に削り、それらの作業に当たっている。

——過日、南領元帥《げんすい》と東領元帥が国境付近で争ったときに発見された魔族について。残骸《ざんがい》からの分析の結果、これらは植物型魔族《シュラム》であり、酸を吐くという、要注意指定の特定度と判明。一度も捕縛、破壊報告されたことはない。

「……アシュレイの副官を殺害した魔族と同種だったのか。だからあいつ、無理やりでも、自分の手で始末しようと……」

守天は手元の報告書から目を上げると、溜《た》め息《いき》をついて椅子《いす》の背に寄りかかった。

植物型の魔族だとは桂花《けいか》から聞いていたが、これを読むまで、アシュレイがずっと追っていた魔族だとは気がつかなかった。

「それならそうと言えばいいのに。頑固者」

そのとき扉が叩《たた》かれた。守天が顔を上げる間もなく、蹴《け》り開《あ》けられる。

「メシだっ！　とっとと食え！　今すぐ食え！」

無遠慮なもの言いと態度に、扉を守りきれなかった衛兵は泣きださんばかりだが、守天は手を上げて彼を下がらせる。

アシュレイの持っていたのは、両端に取っ手のついた銀のトレイ。料理を運ぶときの。彼は寝不足のような顔で、目の下に隈《くま》を作り、身体《からだ》からもほんのり、汗のこもった匂《にお》いをさせていた。着ている服が昨日と同じだ。

昨夕、この部屋に男神《だんしん》と一緒に、最上界の本を返しにきたときのものと。

「面倒がらずに食堂に来い！　なんで俺がメシを運ばなくちゃなんねーんだ！」

「運んでくれなくても……」

意識ではアシュレイの姿を無視しつつ、守天は穏やかに言い返した。

普通の声、普通の表情を返せただろうかと思いながら。

「俺は来たくなかったけど、アウスレーゼが行けって言うから仕方ないだろ」

「ア、アウスレーゼ様が？」

書類の山など無視して銀のトレイを置こうとした彼を、焦《あせ》った声で守天は見上げた。

「囲碁で負けたんだよ！　徹夜で何度も！　俺がもう無理だって言っても、まだ挽回《ばんかい》できるからって、勝負をずるずる引き延ばしやがって！」

（昨夜もあの方は、この部屋に私を迎えにきたのに？）

仕事があると守天が突っぱねても、寝台に瞬間移動させられ、思うさま相手をさせられたというのに、同時にアシュレイの相手もしていたらしい。影を生む術でも使ったのか。

アシュレイがトレイを押してくるので、仕方なく守天は机の上に空間を作るしかない。置くだけ置かせて退出させようと思っていたら、目の前でフタがとり払われた。

「とっとと食え」

「……今はいらないよ」

「おまえが食べ終わるの見るまで、戻れねーんだ」

ナフキンを胸にぶつけられて、仕方なく守天はそれを膝《ひざ》に広げた。

昨日の昼食会は出たものの、その前の三日間と今日は食事をずっと断っていたのだ。使用人達が心配して、またアウスレーゼに相談でもしたのだろう。

(よけいなことを……)

御印《みしるし》を通して男神《だんしん》に聞こえてしまわないよう、注意しながらこっそり思う。

食事が喉《のど》をとおらないのは、夜になれば必ずこの部屋に彼がやってくるからだった。抵抗はやすやすとかわされ、彼は遠慮もなしで、一晩に何度となく守天の身体《からだ》に精を注ぎこむ。毎晩そんなことをされていれば、食欲などわくはずがない。

もちろんアシュレイは知らないだろうが。アウスレーゼは明らかに、この状況を愉《たの》しんでいるのだと守天は確信した。

「ずっとお相手してもらっているようだな」

天主塔に一日中いても、アシュレイは守天を避けているので、二人が会うことは滅多《めった》にない。

兵士や使《つか》い女《め》から報告は受けてはいるが、アウスレーゼがこれみよがしにアシュレイをかまう姿など見たくなくて、遠見鏡《えんみきょう》も封印している。

なのに、こんなふうにそばに来られたら、口をきかないわけにはいかなかった。

そっぽを向いて、まぁな、とアシュレイは答えた。

「どうせ暇だし」

「……楽しいか？」

我ながら女々しい、と守天が思った瞬間、アシュレイが肩をいからせて振り返る。

「囲碁に勝ったらもう一度、ここの闘技場で勝負するんだ！　負けたまま南に戻れっか！　国中に馬鹿《ばか》にされる！」

「そんなことはないだろ」

盆の上には、白米に温かいカボチャスープ、カボチャの冷製前菜、みずみずしい赤い色を放つ野菜サラダ、味のついた麵類《めんるい》やコロッケが、見た目にも楽しい盛りつけで並んでいる。絶食のあとだからか、量は抑えてあった。

なんだか、元服《げんぷく》前の塾での昼食を思い出させる献立だった。天主塔の料理人は、昔からこういった、一皿にいろいろ料理をのせた子供っぽい仕様はしてこないのに。

なんとかスープ皿だけでも空にしようと、守天は努力した。

アシュレイは背を向けて無関心なようでいて、ときどきチラチラ見ているので、ごまかして窓の外に飛ばすこともできない。

スープスプーンを置いた音でアシュレイが振り返ったとき、守天はナフキンをたたんで口を拭《ふ》いていた。

「全部食え！　残すな！」

「食欲がないんだ」

「病気か？　だから昨日も……」

そう言ったときには、使《つか》い女《め》を呼ぶ合図に、守天の手がかかっている。

「人間じゃあるまいし、一か月ぐらい飲まず食わずでも死なないよ。仕事が山積みなんだ。出ていってくれないか。私が病気にかかるはずないだろう」

守天は手光《しゅこう》で、自分の病気も治せるのである。

でも手光では治せないものだってあると、ずっと昔、彼はアシュレイに言った。

肉体の疲労は補《おぎな》えても、心の疲労や傷は、手光では癒《いや》せないのだと。

毎日ずっと忙しかったというのは、使い女達の会話からうかがえたから、アシュレイは心配だった。

疲れたとき、自分はどこかに気分転換に飛んでいって、動物をさわったりしてから国に戻るのにと、心の中では思っていても口にできない。

守天の身は尊いもの。簡単に外出していい身分ではないからだ。

廊下で鳴っていた、リンリンという鈴が止まった。もうすぐ使《つか》い女《め》が来る。

こんなに料理を残すなんて……。

楽しかった昔を思い出せたら、少しは、彼の心がやすらぐかと思ったのに。

アシュレイが落ちこんで目を伏せたとき、机の向こうから硬い声が発せられる。

「この前、柢王《ていおう》ととりあった魔族は、おまえがずっと追いかけていたやつだったそうだな。部下の敵《かたき》をとりたかったんだろう？　自分の手で」

最後の言葉で、ブルッとアシュレイの肩が震える。瞬時に目の光が蘇《よみがえ》った。

「だったらなんだっ！」

「ひとりでは無理だ。報告によると、あれはかなり大きい魔族だそうだぞ。前にも言ったが、誰かと協力して退治することにそろそろ慣れろ」

「はっきり言えよ！　俺は武将に向いてないって！　やめればいいと思ってんだろ！」

失礼します、と、やわらかい女の声が聞こえた瞬間、アシュレイは扉までひとっ飛びした。衛兵の開けていた扉から、すばやく身をすべらせる。

今の自分の醜さを誰にも見せたくなかった。見た奴《やつ》は、焼き殺してしまいそうだった。

「アシュレイ、これ！」

男神《だんしん》の声も無視して、走っていく背は廊下を曲がっていってしまった。

「まぁ、守天様。スープしか、お召しあがりになっていないではありませんか」

トレイの上を見て叫んだ使《つか》い女《め》に続き、アウスレーゼもやれやれと腕を組む。

「なにを怒らせておるのだ。あの子は、そなたを心配していたぞ」

「守天様の好物がカボチャだなんて、私達、存じませんでしたけど、アシュレイ様が教えてくださって。塾の料理は残さず食べていたとおっしゃったので、料理人が調べて、同じような形を整えたのです」

懐《なつ》かしい献立だと思ったら、やはり。しかし。

「カボチャ？」

「そなたが、ずっと食事をとらないから、皆がアシュレイに尋《き》きにきたのだ」

男神《だんしん》のたしなめる瞳《ひとみ》と口調に、守天がうつむく。

「お茶しか飲まれないなんて。お身体《からだ》の具合が……」

天主塔の主《あるじ》として使用人達が望むのは、幸せそうな笑みを向ける守天の姿だ。そのために自分達はお世話をしているのにという、彼らの隠れた声が、うっとうしいほど御印《みしるし》めがけて、ぶつかってくる。

アウスレーゼを意識しつつ、御印に力をこめ、守天は異質な声を跳ね返す。

「それはない。文字を追うだけで胸がいっぱいでね。でもせっかくだから、もう少し食べようかな」

「そうなさってください。若様」

「あとで、お茶もお持ちしますね」

安堵《あんど》して使《つか》い女達《めたち》が退室すると、アウスレーゼがいてもかまわずに、守天はバルコニーにかけていた結界をはずした。トレイを摑《つか》んで窓から外に出る。

呪文《じゅもん》を唱え、天主塔の地下にある魔刻谷《まこくだに》の底に皿の上のものを飛ばすと、さっき飲んだスープだけが胃の中で躍って吐きそうになった。

「心労が絶えないな、この若君は」

煙管《キセル》の匂《にお》いが移ったのか、紫煙《しえん》と同じ匂いの身体《からだ》がトレイをとりあげて室内に放《ほう》る。食器は机から浮いたフタと合わさり、割れることなく、扉のそばの床に静かに着地した。

アウスレーゼの衣の袖《そで》と袖が、ふわりと合わされた中に守天は抱きこまれる。

「放してください。誰かに見られたら……」

「使用人の記憶など、いくらでも消せる」

「昨日も八紫仙全員の記憶を抜かれたそうですが、もうあんなことはしないでください」

「覚えていたか。そなたが二度目の気をやったときの、我《わたし》の言葉を」

男神《だんしん》の愉《たの》しげな囁《ささや》きを、守天は冷ややかに無視する。

夜は彼の情人であっても、昼間は毅然《きぜん》とした態度を貫くことが、自分を守る最後の砦《とりで》だった。

「ここが冷えきっているな」

守天の御印《みしるし》に、そっと唇が押しつけられる。

「他者の不満や苦しみを、そなたの御印は吸いやすい。もっと力をつけることだ」

「私だけなのですか？　アウスレーゼ様は？」

しかし男神《だんしん》は、その答えをくれなかった。代わりに、ほとばしるような光の流れが、御印を通じて守天の全身に広がっていく。

「あ……」

あまりの心地よさに、守天はうっとりとのけぞって身体《からだ》を震わせた。

「アシュレイは、そなたが昨日の昼食会で、食事をどこかに捨てたのに気づいていた」

心地よさに酔っていた身体が、まさか……と息を呑《の》む。

「見ていたそうだ。厨房《ちゅうぼう》に忍びこみ、昼食会に並ぶ前に料理もつまんだそうで、味は悪くなかったと保証している。だから、我《わたし》は言ってやった」

守天が男神の胸を両手で押し返す。

夢心地だった瞳《ひとみ》は、一瞬で殺気立った。

「心が、お疲れなのだろうと」

アウスレーゼの瞳は笑っている。やはり彼は、この状況を愉《たの》しんでいるのだ。

「仕事に戻ります」

「そなたが心に壁を作っても、こうすれば我《わたし》には視《み》える」

力強い手の力が、離れかけた守天の身体《からだ》を引き戻し、問答無用とばかりに深く唇が合わさった。守天の腰に腕を回して抱きこみ、逃げられないよう頭を引き寄せたアウスレーゼが、唇から、しっとりと思考をさぐる。

御印《みしるし》をぶつけるよりも生々しい感触は、守天が額にどれほど力をこめても防げない。

〔甘い料理なんて、まずい！〕
塾の昼によく出された食事の中に、カボチャの煮つけがあった。食べ物の好き嫌いはないアシュレイだったが、甘い味つけの料理が彼は苦手だった。
〔そう？　カボチャはとても栄養があるんだよ〕
〔……ティアは好きなのか？〕
〔うん。頭が良くなるんだって〕
自分がそう言うと、アシュレイは箸《はし》に刺したカボチャを、我慢して口に入れたのだ。
あのときは、アシュレイが先生に注意されないように、そう言っただけなのに。
〔あんなことを……覚えていたのか〕
アウスレーゼの口づけが離れていく。アシュレイの清らかな思い出を自分が踏みにじったことは、守天には大きな衝撃だった。男神《だんしん》と目が合わせられない。

「忙しくても、食事と睡眠はとったほうがいいぞ」

「……はい」

それとも、と、愉《たの》しげな声で守天の顎《あご》が摑《つか》まれ、上を向かされる。

「そろそろ性欲が満たされて、別の欲は薄らいだか」

「御印《みしるし》つきの身体《からだ》が、そういうものだというなら、そうなのでは？」

回数が多すぎる。せめてもっと……と、守天は男神を睨《にら》みつけたが、またしてものらりくらりとかわされた。

「やれやれ。我《わたし》は気をきかせてアシュレイと話す時間を作ってやったというのに、冷たい情人だ」

（ふざけるにしても、アシュレイをダシに使うことはないだろうに）

守天は不満げに目をそらすと、気持ちを読ませないように胸の内でわめく。

（武将との恋など忘れろと言ったり、わざとアシュレイをよこしたり……）

（いったい、なにを考えているんだ！）

部屋の中に戻った守天は、さっさと席についた。この数日で、どんどんアウスレーゼへの態度が、くだけたものになっている自覚はあるが、男神がそれを不愉快に思わないかぎりは自分から直す気はなかった。

「今のそなたは、花を愛《め》でる余裕もない」

聞こえないふりで、書類の山から数枚とって守天は読みはじめる。

「我《わたし》の住む最上界にも花は咲く。でも、こちらのもののほうが香りが濃いな」

やさしい声に観念して顔を上げると、花瓶の前から、じっと自分を振り返っていた瞳《ひとみ》とぶつかった。

穏やかな、やさしい瞳だった。

思いやりに溢《あふ》れた表情は、夜の顔とはまったく違う。

(結界の中で私の身体《からだ》を好きにする人とは、まるで別人だ)

そんな顔を見てしまうと、彼ばかり悪者にしたがっている自分を醜く感じてたまらない気持ちでいっぱいになる。

今となっては、あの時間だけが、この城にアシュレイがいることを頭から消していられる唯一の時間だった。アウスレーゼの結界の中にいると、なにも考えられなくなる。

一緒にいて、利点に感じる部分も出てきた。

自分の意志に関係なく、獣のように交じわり合ってしまうことは、最初の頃こそおぞましかったが、自分自身の記憶と心ごと抱かれるより、ましな気がして。

男神《だんしん》が過去の守天の肉体を愉《たの》しむたびに、守天は彼らと精神一致して呪文《じゅもん》が手に入る。くたくたになったあとは熟睡している。アシュレイの謹慎が始まった頃、眠りが浅かったのが嘘のように、夢も見ない。

欲しい者が永遠に手に入らないなら、誰が相手でも同じことだし、それで呪文《じゅもん》を手に入れられるというなら、損ではない気がする。

覚えた呪文は、着々と自分のものになっていた。閻魔《えんま》の干渉も今はない。

「たまには外出もよいぞ。幼なじみの武将の見舞いは？」

「ええ」

アウスレーゼが退出すると、守天は溜《た》め息《いき》をついて机に顔を伏せた。

彼はアシュレイと、また今日も一日過ごすのだろうか。

「囲碁のお相手、か。アシュレイは苦手だったはずなのに……」

それだけ男神《だんしん》のことを気に入りだしているのだろう。嫌いな者には、絶対そんなことをする性格ではないのだから。

「食事を抜いたこと、本気で心配してくれたのかな」

だったら悪いことをしてしまったと守天は反省した。

ああやって距離を詰めてこられると、どれだけ彼を忘れようと努力していたのか、今さらながらに思い知らされる。

最高の友人としての立場を選べるほどの想《おも》いなら、二年前の元服《げんぷく》の日から、態度を変えたりはしなかった――。

——二年前。

塾を卒業した半月後、アシュレイは元服《げんぷく》を受けた。

彼は自国で《元服の儀》を終えると、炎帝王《えんていおう》に伴われて、初めて正式な謁見《えっけん》を閻魔《えんま》大王と持った。

元服と同時に、南領の《十二元帥《じゅうにげんすい》》の末端に名を連ねた報告を父王にされた彼は、生き生きと自信に溢《あふ》れ、その場の誰より輝いていた。

魔族討伐に大きな期待をかけられた、少年元帥の誕生である。

数日前に元服式をすませていた守天も、その謁見には同席していた。

『守天様には塾でもアシュレイが大変お世話になりましたが、末長い、おつきあいをいただければと願っております』

そう言ったのは、肉体的にも精神的にも、まだまだ力の漲《みなぎ》っている炎王で。

天主塔に《謁見の間》はいくつかあるが、王族の祝いの報告は一番豪華な部屋を使う。

水晶を基調に、ダイヤモンドやルビーなどの鉱石が壁や天井にふんだんにはめこまれている部屋を。

ここは壁の水晶の角度によって、人の姿が何重にも広がって見える不思議な部屋だが、実際はそう広くはない。執務室とほぼ同じだった。

ダイヤモンドの壁を背に、床から三段高くなった壇上に玉座がひとつ置かれている。

玉座から少し離れた水晶の床には円陣が描かれ、中には守天の御印《みしるし》が沈んでいた。

謁見者《えっけんしゃ》達は、控え室からこの円陣の上に《浮かび上がって》くる。

閻魔《えんま》か守天が迎えなければ入れないしくみなのだ。

謁見する前から、天主塔と王族の力の差をはっきりと認識させ、天主塔の不朽の権威を誇張するかのように造られた空間だった。

閻魔のななめ後ろに、守天は立っていた。王族よりも数段高い場所に。

それでもアシュレイはいつもと同じ笑顔でいたが、守天はそっと目を伏せた。そして、はっきりとした声で炎王に返答した。

『元服《げんぷく》を受けた以上、私達は責任を重く受け止める身。この世界でただひとりの守護主天としての与えられた役目に励んでいく所存です。アシュレイ殿も、そのおつもりで』

八紫仙を筆頭に、執務室づきとなる文官も勢揃《せいぞろ》いだった。

それもあって儀礼的な態度をこころがけたのだが、晴れの日だというのに、アシュレイの表情は愕然《がくぜん》と、遠目でも激しくとまどっているのがわかった。

以来、私的な面会は断り、その後の式典などでもアシュレイと二人きりにならないよう守天は用心した。

元帥《げんすい》になりたての彼に、たいした仕事はなく、任務を掲げて堂々と天主塔に来られるようになったのは、元服《げんぷく》して一年近くが過ぎてからだった。

柢王の用意した宴《うたげ》の席にさえ、アシュレイは現れなかった。

柢王は、アシュレイが桂花に会いたくないからだと思っているようだが――。


「本当は違うんだって言ったら、呆《あき》れるかな、柢王」

呆れる前に、頬《ほお》を殴ってくるぐらいのことはするだろうか。

――あいつのことは昔から、おまえの管轄だったはずだろ。

そうなるように、しむけたのは柢王でも、子供の頃は、そんな言葉だけで守天は嬉《うれ》しかった。

「見舞い、か」

今顔を見たら、泣き言を言ってしまいそうだったが、ほかに尋《き》きたいこともある。

アシュレイが自由に天主塔の中を歩き回っている今、あまりにも危険で、桂花を呼びつけることはできない。それに桂花だけを呼び出しても、柢王なら寝台に縛られても、それごと担《かつ》いで追いかけてくる気がする。

「新しい聖水を差し入れがてら、見舞ってみるか」

守天は使《つか》い女《め》と衛兵を呼び、至急外出する支度《したく》にとりかからせた。

五

アシュレイが自室に戻ったとき、ちょうど使《つか》い女《め》が清掃していた。

仕方なく姿隠《しおんじゅつ》術で廊下をふらついていたが、やわらかいものにさわりたくなって、結局また『蒼《あお》の間《ま》』に戻っていた。

男神《だんしん》の拾ってきたリスは、アシュレイの姿を見るとケージから出たがったので、さっさと放してやった。

ここでの謹慎が終わる頃には、森の仲間のところに帰してやらなければと思いつつも、アシュレイが床に座ると、身体《からだ》の上をリスはちょろちょろ動き回る。髪の中を爪《つめ》でひっかかれると痛いが、気持ちはなごむ。

このまま眠ってしまおうか……。

そう思ったが、ここは他人の部屋だ。眠るわけにはいかない。

「徹夜なのに、ちっとも眠くねーや」

さっき自分が怒鳴った言葉が、頭の中で回っている。

——はっきり言えよ！　俺は武将に向いてないって！　やめればいいと思ってんだろ！

アシュレイは、溜《た》め息《いき》をついて顔を覆った。

「……闘えなくなった俺なんて、なんの役にもたたねーのに」

帝王学を身につけるなら、ある程度で実践を離れて父のそばで仕事を補佐するのが一番だと言われても、昔から、そんなことはしないと思い続けてきた。

リスはアシュレイをかまうのに飽きたのか、部屋の中をうろうろしはじめた。アシュレイも長椅子《ながいす》に移ろうとしたとき、足がもつれる。

卓台にのっていた囲碁の碁盤に手をついて身体《からだ》を支えると、白と黒の碁石が床に落ちてしまった。でも拾って元に直そうという気分にならない。

なにもかもが面倒くさかった。

長椅子はやめ、窓のそばに木の椅子をひっぱっていき、ぼんやりと空を見上げる。

この部屋を気に入ってるのは、中庭に面していないことだ。

中庭には、天主塔《てんしゅとう》で一番高い木があった。

城を囲む森側に一番近い《七番目の泉水《せんすい》》近くにあったが、枝ぶりが周囲の木々の邪魔だということで、アシュレイの謹慎が始まる少し前に伐採されたらしい。

幼い頃からずっと、塾の帰りに天主塔に寄ると、守天と二人で見張りの目を逃《のが》れ、下から見えない枝まで登った。

いろいろな夢や気持ちを話し合い約束した、秘密の場所だった。

——これはアシュレイの木にしてあげるよ。私が守護主天《しゅごしゅてん》の間は、君のものだ。

そう言って、結界《けっかい》を組んでくれたから、守天《しゅてん》が忙しいときもひとりで木に登れた。

父に叱《しか》られて南の城を飛び出し、てっぺんで一晩過ごしたこともある。そんなことがあったあと、ティアは……守天は毎晩、あの木を遠見鏡《えんみきょう》で確認して眠るようになったのだ。

木に泊まるより、守天の私室のほうが気持ちよかったけど。

ひとりで木にいると、彼が迎えに来てくれたから、それが嬉《うれ》しかった。

元服《げんぷく》後、彼と疎遠になっても、中庭までは《元帥《げんすい》の指輪》があるから入れた。木に登り、遠くに見える執務室《しつむしつ》と守天の私室を見ていて、朝を迎えたこともある。

でも迎えは来なかった。

あれ以来、森に行かなくなった。

(……約束なんてしたって、大人になったら変わってくんだ……)

(武将に明日の約束なんていらない。……いらないはずだ)

そのとき、扉が開いて風が舞いこんだ。

「ここにいたのか。捜したぞ」

アウスレーゼの言葉は、いつもよりも染《し》みこむようだったがアシュレイは無視した。

頼りたくない。こんな……自分でも薄皮一枚という表現が、ぴったりだと思うときに。

床に散らばった碁石を見ても男神《だんしん》は怒らない。

「ご機嫌ななめだな。もう囲碁はしないのか」

「疲れたっ！」

「守天殿は、特にカボチャがお好きというわけではなかったようだが」

「俺は昔のあいつしか知らない。好みが変わったんだろ！　料理人も気の毒に。からかわれたと思って今頃……」

それはないな、とやさしい声がたしなめる。

「守天殿はあのあと、全部お召し上がりになったからな」

アウスレーゼがそばにいたから食べたのだろう。アシュレイは自分の存在のちっぽけさに、ますます自分で自分が嫌になる。

男神は床に落ちた碁石を、白と黒、ひとつずつ拾って両手に持つと、残りは霊力で呼び寄せた。音もなく碁石はそれぞれの器《うつわ》に戻り、卓上の碁盤の上にすべて整う。

その間に彼は長椅子《ながいす》に腰かけ、いつものように煙管《キセル》に葉を詰めた。

「守天殿は、東の王子のお見舞いに行かれたようだ」

「見舞いって……完治してないのか⁉」

最後に杻王《ていおう》の顔を見たのは、謹慎の始まった日だから十日も前なのに。悪化したかとアシュレイが振り向けば、部屋はきれいになっていた。

バツが悪くて唇を噛《か》みながら、心の中で、ごめん……と謝る。

「我《わたし》が勧めた。たまには外出なさるようにと」

「なんだ。見舞いなんて口実か」

仲のいい奴《やつ》らが集まるだけかと、やさぐれた声で吐き捨てたとき、人間界よりもっと遠くに行くのもいいなと、ふと感じた。

「なぁ。最上界《さいじょうかい》の本、俺が読もうとしたら、自分に直接尋《き》けばいいって言ったよな？」

「なんなりと」

「最上界って遠いのか？　俺は入れないか？」

「連れていってやろうか。あちらで我の警護をするか」

アウスレーゼは煙管《キセル》をよほど気に入ったらしい。料理や菓子にはない、くせのある香りが、ゆったりと部屋に広まる。

最初この部屋は、けばけばしい残り香があったが、今はすっかり紫煙《しえん》の匂《にお》いがついた。以前の香りは女のようで、守天のくちなしの香りを彷彿《ほうふつ》とさせたが、この匂いはまるで違うから落ち着く。ほんの少し甘くて、でも大人の香りだった。

「警護なんていらないじゃん。おまえ強いし」

「あちらの世界では我《わたし》は戦わぬ。そういう役割ではないからな。許嫁《いいなずけ》は守ってくれるが、誰も近づけまいと火花を放つのだ。氷のような目からな」

「へぇ、やっぱいるんだ。そういう相手」

興味がわいて、にやにやと尋《き》き返《かえ》す。

「女のほうが強い世界か？」

「その点は、どこの世界もたいして変わらんな」

アシュレイは声を出して笑った。アウスレーゼの弱みを聞いて、少し気が晴れた。

「《天数《てんすう》》には役割がそれぞれあるのだ。生物が誕生する以前から……そう、何十億年も前に決められたことだ」

笑っていた声が止まり、アシュレイが椅子《いす》から立ち上がる。

「おまえ、どんだけ生きてんだ⁉」

「さぁ。どこからを我の生《せい》とするかで答えは変わるが……最後に死んだのは、二万年ほど前だな」

「最後に死んだ？」

意味がよくわからない。でも最上界にも死はあるのかと漠然と受け入れた。

「つまり二万歳ってことか？　げーっ！　そんなにジジイだったのか！　今の外見って、俺達に合わせてんのか？」

アウスレーゼは腰の周りや腕の下に綿布袋《クッション》を敷き詰め、そこにもたれてゆったりとくつろいでいる。黒髪に白い衣装が似合っていて優美だ。

「そなた達と我《わたし》の波長《はちょう》は違う。そなた達に合わせると、自然とこうなったな」

「波長？　ほんとは、ギリみたいな姿なのか？」

「見たいか」

ブンブン首を振ってアシュレイは断った。証拠を見たいとか、そんなつもりはない。

「フフ。気持ち悪くないか」

「俺は、他人の姿形《すがたかたち》について、とやかく言うのは嫌いだ。気持ちと性根だけでいい」

「男らしいな。守天殿も心づよいことだ」

男神《だんしん》は煙管《キセル》から煙を吐き出して続ける。

「守天殿が降臨《こうりん》していくたび、我は気にしているのでな」

「降臨？」

アシュレイの頭の中で、言葉の意味がめまぐるしく回る。

それは上から下に降りるときだけに使われる言葉のはずだった。

(最上界から、天界に降りた……降ろされたってことか？　まさか、あいつは)

守天の話など今はしたくないのに、アウスレーゼから目をそらすどころか、動揺したまま言葉が返せない。

「御印《みしるし》を頂く天数《てんすう》の中でも、最上の美形。代々の守護主天も皆、たいした美形揃《ぞろ》いだったが、ティアランディア殿は格別。正直驚いた。あれほど綺麗《きれい》な子に育つとは」

「待てよ！　あいつ、ここで生まれたんじゃないのか⁉」

「違うな。天数は皆、最上界で生まれるのだ。そのあとここに降ろされた。閻魔《えんま》と守天の肉体は、死ねば最上界からの迎えに連れさられる。……そなたの読もうとしていた本には、そのことが書かれてあるはず。それ以外、我らは天界に接触しないからな」

アシュレイは愕然《がくぜん》と立ち尽くした。

アウスレーゼの声はまだ続く。

「あの御印は遺伝ではない。守天殿と閻魔に、血の繋《つな》がりはないのだ」

どんどん上昇してくる血の熱さ。アシュレイは漠然と自分の手に視線を落とす。

守天の手光《しゅこう》で、何度も治してもらった手の傷があった場所を見る。考えもつかない力が、あの光には宿っていたこと。

肉親のいない彼のもとに、何度も父王の悪口を言いに飛びこんだこと。

知らなかった。なにも知らされなかった……！

「……じゃあ俺達とは……柢王や俺とは、身体《からだ》の中の作りも違うって……ことか？」

「そういうことになるな」

守天がひた隠しにしてきたことを、あっさりとアウスレーゼは教えてしまった。

これで、五分五分である。

アシュレイの気持ちがこれで離れれば、そこまでのこと。ままごとには終わりがあることを、はっきりと守天に教えてもいい。

しかし本心では、そうならないことに賭《か》けてもいた。

(この子には、そんなふうに賭けてみたくなる、なにかがある)

茫然《ぼうぜん》としていたかに見えたアシュレイが、不意に笑いだす。低くつぶやくようだったそれが、だんだん哄笑《こうしょう》しだすとアウスレーゼは見兼ねて立ち上がった。

「なんだぁ！　ちっとも……はは……知らなかった！　そんなことも隠して……くっくっ……なのに親友面《づら》して！　すげぇな、最上界の奴《やつ》だったのか！　あははは！」

「アシュレイ」

「ンだよっ！　ベタベタすんなっ！」

「なにを泣く」

「るせぇっ！　泣くかっ！　こんなことでっ！」

言葉に勢いはあっても、アウスレーゼが抱きしめた身体《からだ》からは魂がすっかり消えかかってしまっているように頼りない。

顔を見られたくないのと、この憤《いきどお》りをぶつけたくて、アシュレイはわざと男神《だんしん》の胸に額をぶつけた。何度も何度も。両手の拳《こぶし》も使って殴りつける。

アウスレーゼの硬い胸でも叩《たた》いていなければ、天主塔の中のなにかを壊すまで、無駄とわかっていても自分は暴れ続けてしまうだろう。

男神《だんしん》はアシュレイの顔を両手に包んだが、拳《こぶし》を止めることはしなかった。

顔を上向けられ、見られてもアシュレイはやめない。

目も歯も食いしばっているのに、嗚咽《おえつ》と涙が止まらなかった。こんなことで泣いてしまう自分が嫌だ。

「守天殿に秘密を持たれたから泣くのか」

「だまれっ」

「口づけまで許してやったのにな」

「るさいっ！　ブッ殺すぞ！」

アシュレイの拳を一度止めて、アウスレーゼは赤い髪ごと両腕に包む。髪の間から冠《かんむり》帽《ぼう》を留めている紐《ひも》を引き、それを落として角《つの》を口含んだ。

「やだっ！　やっ……ん……そこ、やだ！」

守天はこの城にいない。遠見鏡《えんみきょう》で彼は見られない。御印《みしるし》で聞く力も、まだ彼にはない。

アウスレーゼはアシュレイを慰めてやりたかった。守天にできないことをして、この子が救われるのならそれもいい。恋にも友情にも決別させる、いい機会かもしれない。

アシュレイが望むなら、彼の命が終わるときまで自分の腕を貸してもいいとアウスレーゼは思っていた。

永遠に近い時を生きる自分には、ほんの短い間のことなのだ。

だが、角《つの》を吸った瞬間、アシュレイは本気で抵抗しているのがわかった。

悲しみに支配されても怒りで心が壊れそうでも、代わりなど誰にも求めていない悲鳴が聞こえてくる。情事のたび、守天の御印《みしるし》から溢《あふ》れてくる、魂の叫びと同じものが。

男神《だんしん》は角から口を離してやると、アシュレイの髪にやさしく指をもぐりこませた。

「うっ、うっ」

「仕方なかろう。守護主天の身体《からだ》の秘密は天界の神秘。たとえ親友でも漏《も》らしていいものではない」

びくりとしたアシュレイの嗚咽《おえつ》が止まる。真理を衝《つ》かれ、正気に戻ったようだった。

「そなたも元帥《げんすい》の地位にある者。兵には漏らせぬ王命が下ったことがあろう」

「ないっ！」

「だが、わかるだろう。そなたなら」

アウスレーゼが肩を抱きしめてくる。その言葉は、アシュレイが知っていても忘れていた、生まれたときから日常的に父の城の中で見ていたものを思い起こさせた。

責任の重み、というものを。

『部下はそなたの手足ではないのか！　いくつもの命を背負っている自覚を持て！』

魔族討伐から帰城した元帥《げんすい》に謁見《えっけん》を許した父が、ときどき彼らを叱《しか》りつけていたのを、謁見の間に忍びこんだアシュレイは、柱の陰から何度も見た。

元帥が叱られるのを見たかったわけじゃない。魔族退治の話を、子供に聞かせるようなやさしい口調でなく、大人達の言葉で聞いてみたかったからだ。

部下を叱る父もまた、彼らの命を重いものとして受け止めていたのは、幼心にも伝わった。だから王として、人民の心を統《す》べることができるのだと感動した。

何度見ても、どれほど重要か、耳にタコができるほどくりかえされても、怖かった。

自分のために七人もの副官が死んでも、次をまたあてがわれる……そんな責任の重みなど欲しくなかった。怖くてたまらなかった。

責任なんて押しつけられても、自分には手に負えないもののほうが多い。

自分のできることだけで、大人の仲間入りをしていたかった。

自分でも、馬鹿《ばか》で子供でこんな奴《やつ》が元帥だなんて、南はサイアクだと思っている。

でも……でも早く……並びたかった。

誰にもとられたくなかった、ティアの隣を。

肩を落としたアシュレイを、いつの間にかアウスレーゼは長椅子《ながいす》に運んでいた。脱力した拳《こぶし》はすっかり力をなくし、涙をぬぐって濡《ぬ》れている。

言葉はなくても、隣に人がいることに安堵《あんど》している身体《からだ》は、いつもは心の中にためこんでしまう気持ちを外界と繋《つな》げていたい気分だった。

アウスレーゼは叱《しか》らないから。

自分がどんなに馬鹿《ばか》で子供でも、黙って聞いてくれた、ティアの空気に似てるから。

（……あの頃、俺は救われていた……）

「本当はわかってた。あいつは昔から自分のことや天主塔のこと……話さない奴《やつ》だった。四歳からここで仕事してたんだ。誰にも言えない苦しい決断だって……してたはずなんだ。だからこそ俺に……俺には頼ってほしかった」

「そうか」

アウスレーゼは、これ以上は口にしなくてもよい、という想《おも》いをこめてアシュレイの額に唇をつける。先ほどからの告白同様、後悔に苛《さいな》まれている心はめちゃくちゃだ。興奮して活性化しているはずなのに、霊力は今にも消えいりそうに弱い。

アシュレイには、男神《だんしん》の額に浮き出た御印《みしるし》が見えていない。慰められるままに頭を預け、息を落ち着かせようとしている。

（頼ってほしかったけど……ティアはきっと気づいたんだ。俺の下心を……一足飛びに、あいつと肩を並べようとした俺の……俺のあさましい気持ちに気づいたんだ）

だから、元服《げんぷく》を境に彼は変わってしまった――。

アウスレーゼが、そっと額を離す。アシュレイに見られる前に御印は消した。

(……反省と孤独に苛《さいな》まれ、相談できる相手もいないまま、自分への憎しみはこの子の中で大きく変貌《へんぼう》していったのだ)

(それでも、たったひとつの望みにかけていた。本当に強くなったら、もう一度守天殿が、自分を隣に呼んでくれるのではないか、と)

恋に導かれた、少年らしい向上心。

自身だけでなく、周囲の誰も気づいていない、これこそ大輪の秘花。

(ますます気に入った。この花、枯らしたくないものだ)

指を鳴らした男神《だんしん》は、水差しとグラスを手元に引き寄せ、アシュレイに飲ませてやった。興奮が治まるよう、無香の薬煙《やくえん》もまく。

アシュレイは五回呼吸すると眠くなってきた。でも、ここでは寝ないと決めている。

「落ち着いたようだな。あまり自分を責めないことだ。守天殿は重大な責務を負っておられるが、彼はそなたと同じ時しか生きてはおらぬ子供。どれほどの責任をしょいこもうが、必死なことに変わりない」

薬煙を吸いこんだ身体《からだ》は、その軽い暗示を、あっさりと受け入れた。

「最上界のことで、もう質問はないか？」

「もういい。それよか、俺が降臨《こうりん》のこと聞いたっていうの、あいつには内緒だ」

黙っていてくれ、ではなく、内緒という言い方がいかにもアシュレイらしくて、アウスレーゼは苦笑してしまう。それが空気を変える引き金になった。

「ね、眠くなると俺、怒りっぽくなるんだ。今のだって！」

「そうか」

「もう徹夜の囲碁なんてごめんだからなっ！」

「やれやれ。そうきたか」

冠帽《かんむりぼう》をさっさと頭につけたアシュレイは、それでも律儀《りちぎ》にリスは捜し出してケージの中に入れている。ケージの中の水も新しいものに交換した。

「もう一度尋《き》く。自分と違う、守天殿の身体《からだ》を気持ち悪いとは……」

「何度も言わすな！　あいつのせいじゃないだろ。俺はそういう差別はしない！」

そう言って出ていった彼を、アウスレーゼは座ったまま見送った。

「愛《いと》しいのう……。あの柔軟さは、なんというか。それとも、自身が角《つの》を持つ、特異体質だからか」

それによって恋か友情なのかが、分かれるというもの。

「しかし子猿のほうが守天殿より、ずっと頭はやわらかいようだな」

切りたった崖《がけ》を斧《おの》で断《た》ち割《わ》ったような渓谷を登っていくと、周囲を断崖《だんがい》に囲まれた平野に出る。そのはるか上空に、東領《とうりょう》の王である蒼龍王《そうりゅうおう》の居城《蓋天城《がいてんじょう》》は浮いている。岩板のくぼみで風の結界を上手に避けつつ、領民は城を頭上に見上げて生活を広げていっている。

＊

守天はこっそりと柢王を見舞うつもりだったが、予定よりも兵士の数が増えたため、それはあきらめた。とりあえず《使《つか》い羽《ば》》に、訪問の前ぶれは持たせてある。

使い羽とは、天界の領地をまたいで書簡を届けに行く、伝書人達のこと。これは天主塔の庇護《ひご》のもと、独自に収入を得ており、各国に組織化されて散っている機関だった。

蓋天城の大手門の前では、正規の士官服に身を包んだ蒼龍王配下の兵士達が、一糸乱れぬ隊列を作って守天一行を出迎えた。

尊い守天を警護するため、天主塔の近衛兵《このえへい》は、非番の者までついてきているが、人数は百人そこそこだ。

天主塔は守天と閻魔《えんま》の守護結界があるため、普通の魔族は侵入できない。兵士の役割は城に出入りする人間の身体検査や手荷物検査がほとんどなので、あまり必要ないのだ。

大手門の左右に、東領の結界にも使われている獅子《しし》が、黒水晶で彫り上げられている。蒼龍王《そうりゅうおう》は西の洪瀏王《こうりゅうおう》ほど華美を好む質《たち》ではないが、美しいものには目がない。城の内部も一つの法則だけではつまらぬと言って増築を重ね、新旧の城が競い合っている。

東の兵士が胸につけているのは、結界を略式にした記章だ。柢王と桂花《けいか》も制服には必ずこれをつけていた。縦と横に同じ太さと長さで交差している、十字形。

神聖とされる獅子《しし》の標《しるし》は、居城内と結界石以外には、特別な功労に対して臣下へ贈るとき以外、製造を禁止されていた。これは各国揃《そろ》いの法律でもある。

「守護主天様には、ごきげんうるわしゅう……」

蒼龍王の次男である輝王《こうおう》が、城から本丸までの護衛隊長をすぐ後ろに控え、石畳に片膝《ひざ》をついて挨拶《あいさつ》を述べた。彼は現在、次期蒼龍王の補佐役として、丞相《しょうじょう》の地位にある。

東の三兄弟の中で、もっとも美貌《びぼう》に磨きをかけ、美術芸術関係の保護や神殿の保護に力を注いでいる彼は、今回の末弟の所業を心から軽蔑《けいべつ》し、柢王のそばに桂花がいることを、たぶんこの国の誰よりも恥じている人だった。魔族を心から嫌っている。

背中でひとつに縛っている、きらめきを放つまっすぐな黒髪と、染《し》みひとつない優美な若々しい顔は、昨年迎えた奥方のほうが隣にいてもかすむほどで、派手ではないのに目が自然と惹《ひ》かれる。天界中の誰もが認める有能な男だが、群青《ぐんじょう》に黒を混ぜたような冷ややかな瞳《ひとみ》は、柢王の放つやさしい印象とはまるで反対だなと、こっそり守天は思う。

紙王の武芸は文句なしで東領一だが、彼の放つやさしい空気は、歩きはじめたばかりの子供にもわかるものだ。王族の誇りはあっても、それをひけらかさない。

だが細身の身体《からだ》を、丞相《しょうじょう》の地位を示す紺の長衣に包んだ輝王は、硬質な印象が常にその身を覆っているせいで、気軽に近づける人物ではないと一目でわかる男。

「突然の訪問で失礼します。輝王殿。蒼龍王《そうりゅうおう》に今さらご説明することではございませんが、紙王殿のこたびの怪我《けが》の一件、南側の気持ちもわからぬではないゆえ、参りました。あとは純粋に、友人としてお見舞いに。どうぞ、お気づかいなきよう」

「愚弟の失態におきましては、守天様のお心を煩わせてしまい、謝罪の言葉もございません。怪我人でさえなければ、私の手で独房入りにしていたところです」

そう言うと、さらに輝王は、冠帽《かんむりぼう》をのせた頭を深々と下げた。

紙王のことで、彼がこれ以上謝罪の言葉を口にする前に、守天はさっさと輿《こし》から降りてしまう。

紙王もこの兄のことは昔から苦手で、争いはなるべく自分からは避けている。

紙王と彼は母親が違うし、年齢もひとまわり違うので、この兄弟には幼少共に過ごした記憶はない。もちろん守天も、輝王とは塾で一緒だった時代はなかった。

蒼龍王は無類の女好きで、これまで三人と結婚している。長男の翔王《しょうおう》と次男の輝王の母親は、それぞれほぼ十年で離縁された。紙王は十九歳になったので、彼の母親である今の王妃の力が、いかに強いかが推し量れるというもの。

そういうことも含め、この兄は柢王を疎《うと》ましく感じているようだった。

輝王は、桂花が柢王の側近として召し抱えられることになった背景に、守天が絡《から》んでいるのを知っていたが、なにくわぬ顔で本丸へと先に立って案内している。

守護主天を敵に回すのは得ではないと、よくわかっている人物。だからこそ、偽りの笑みには守天も慎重に対応しなければならない。

面倒な儀礼をいくつか終えた守天が、ようやく柢王の寝室に足を踏み入れたのは、登城から一時間ばかりが過ぎようという頃だった。


守天が元服《げんぷく》してから、ここは初めての訪問となる。

柢王は元帥《げんすい》になる前から、天主塔を《避難所》と呼んで泊まっていたが、先ほどの出迎えだけでもわかるように、同じ気安さを守天が持つわけにはいかない。

各国への視察訪問は年に一度、守天の公式予定に組みこまれているが、そちらは領地にある結界印《けっかいいん》の確認をするためのものなのだ。

彼らが二人きりで暮らしている東領の端にある家も、守天は訪問したことはない。

ただそれだけのことが、今さらながらに寂しく思えてならない。

紙王は今でこそ元帥《げんすい》だが、息子をなんとしても役職に就《つ》けたい母親のプライドと、それに抵抗した兄達にはさまれつつ、無冠で揺れていた時期がある。

本人に出世欲はまるでなく、たまたま今の役職に就いたにすぎない。

桂花と共に天界で生きることを最重要にした男は、元帥になるときも、自分のやり方というのを、甘え上手な末っ子の性格を活《い》かしつつ、正式に王にとりつけていた。

王の公認でなければ、王子たる身分で魔族と二人きり、ほかの従者もいない家で生活し続けることなどできるはずがない。

紙王の兄二人は、どちらも武将ではなかった。もしどちらかが軍部に籍を置いていたら、桂花の今の地位はけっして認められなかっただろう。

それにしても兄達は魔族と同じ空気を吸うことを嫌がっているので、紙王の私室は本丸の中でも一番離れの風下にあった。離れとはいえ、静かで過ごしやすい広さなので、紙王はまったく気にしていないが。

自分はいいが、桂花がきゅうくつだろうと、紙王は城を出てしまったのだ。

(不思議なものだ。自由でいることを望む魔族が、ここまでなつくとは……)

紙王と一緒に生きることだけを選び、桂花はすべてを捨てた。

もとは、紙王が元服《げんぷく》後に初めて行った人間界で捕らえた魔族なのである。

(種族を超えた繋《つな》がり……か。これぞまさしく絆《きずな》だな。羨《うらや》ましいことだ)

容姿自慢の使《つか》い女《め》達が優雅に腰を折り、象牙色《ぞうげいろ》の長衣の裾《すそ》をつまむ中を、守天は急ぎ足で通り過ぎる。

最終地点とも言うべき扉の前で待っていたのは、手を身体《からだ》の横にたらした桂花だ。

袖《そで》のない白綿のシャツと身体にぴったりな白いズボンは庶民の自宅着そのものだったが、紫微色《しびいろ》の腕と、二の腕に見えている肌よりは濃い色の芸術的な刺青《いれずみ》は、立ち並ぶ使い女達の塗りたくった化粧顔よりも、艶《なま》めいた色香がただよっている。

前髪の一房だけが鳥の尾羽根のように赤い魔族の男は、首の後ろから青紫のスカーフを巻き、鎖骨の下でひとつにまとめているだけなのに、まるで館《やかた》の女主人のようだ。

「守天殿。いらっしゃいませ」

迎えられた室内には柢王しかいなかった。守天の口から、ほっと溜《た》め息《いき》が漏《も》れる。

いつものように黒髪の下の額に布を巻いている柢王は、前開きの寛衣《かんい》一枚姿だった。

「よお！　見舞いだって？　アシュレイに隠したいものでも預けにきたんじゃないのか」

「失礼ですよ、柢王。守天殿、お茶なんて、もう飲みすぎていりませんか？」

光がよく射《さ》しこむ三間続きの部屋は、小さな庭もついている落ち着ける造りだ。

「いただくよ、桂花」

柢王が、読んでいた書類を足元に放《ほう》り出して寝台から下りようとしたのを、慌《あわ》てて守天は止めると、桂花もすぐに柢王の身体を押し返し、その背に枕《まくら》を敷き詰めてやった。

「天主塔への投書では、アシュレイの刑が軽いという声もあるようだが、蒼龍王《そうりゅうおう》様や輝王殿は、アシュレイとおまえに差をつけたことで、南を訴えるおつもりはないそうだ」

ふふん、とあやしい含み笑いで、寝台で半分横たわったまま柢王は腕を組む。

「まあ、ふざけ合いってセンが無難だろ。忙しいのに悪かったな。あ、それとも桂花がなんか言ってきたか？　俺がサボって軍に復帰しないとかなんとか」

「そんなことで、お忙しい守天殿を呼びつけるわけないでしょうが。吾《わたし》はなにもしてませんか。少し窓を開けましょうか」

柢王の額にさりげなく手を置いた桂花は、寝布を一枚足元にたたみ、柢王の身体《からだ》が汗をかかないよう気を配っていた。

軽口を叩《たた》いていても、柢王はまだ病人なのだと守天にもわかる。

庭から心地よい風が吹きこんでくると、室温が少し下がりはじめた。

守天の椅子《いす》を、もう少し寝台に近づけた桂花は、茶壺《ちゃつぼ》の中で茶葉が開いている間に、守天に膝掛《ひざか》けを持ってきた。

「扉の外には美女軍団。桂花の介護はかいがいしいし、優雅な療養生活だな。柢王」

「ちっとも優雅じゃねーや。こいつはいつもの倍もうるせーし、使い女《つかめ》どもは人を種馬扱いして、一夜のお情け合戦で火花を散らす毎日なんだぞ。羨《うらや》ましいなら代わってやる」

「一夜のお情け合戦……合戦ね」

守天が吹き出すと、柢王は口をへの字にして溜《た》め息《いき》をつく。

「仕事の邪魔だから入るなって言って逃げてんだ、こっちは」

「おかげで、たまっていた書類がどんどん片づいて助かります。はい、まだ熱いですよ」

すましてそう言う桂花から茶器を受けとり、守天は碗《わん》に目を落とす。

橘花《きっか》の香りの残る金色の茶が、天界では高級品とされている。守天がよく飲む茶も、花の蕾《つぼみ》を乾燥させたものをそれに混ぜた最高級品だ。

桂花の出してきたのは、濃い緑色をしていて、碗の底が見えない茶だった。

「……深い草の香りがするね。初めて見るものだ。なんという茶だ？」

「茶というよりは薬の一種です」

「飲みやすく改良してあるのかな。どこかの病人のために」

「ええ。苦いと、どこかの病人は飲まないので」

桂花は柢王にも碗を渡すと隣に立ち、最後まで飲むか静かに見張っている。

「注意しねーと、いつもホントに苦いんだって」

「良薬は口に苦し、と言うんです」

「おまえ、人間界で実は、悪徳薬屋だったろう？」

「失礼な。腕がいいと評判で、みんな泣きながら列を作ってました」

鼻をつまんだ柢王に、これはいい香りですってばと、桂花は持っていた盆で頭を叩《たた》く。

そんな和《なご》むやりとりに、茶が冷めるのを待っている守天が笑い声をあげる。猫舌なので、香りは熱いうちに楽しみつつも、飲むのはいつもゆっくりなのだ。

「これ、俺らの家の裏手に生えてる木からとれるんだよな」

「ええ。木の実だけだと全身に湿疹《しっしん》が出ます。葉のほうと混ぜると使い道があって、滋養強壮にもなるんです。分量を間違えなければね」

「間違えたら、毒なんだっけ？」

守天は少しだけ口に含んだ茶を吹きそうになった。

口を手で押さえたとたん、柢王が最後まで飲みほして、空になった茶碗《ちゃわん》を振る。

「大丈夫。こいつ腕はいいから」

「すみません、守天殿。柢王、あなたね、時と場所を選びなさいよ」

いつもの二倍口うるさいと言われても、桂花の口調は決して厳しくはない。あきらめてはいても言わずにはいられないという、仲の良さがにじみ出ている。

守天はしみじみ思った。雨降って地固まるとは、まさにこのことだと。

柢王はひとたび心を許してしまえば、毒にもなる茶を平気で口にする。

兵士を率いる魔族討伐にも、必ず二人は一緒に行動していた。柢王がひとりで動くのは、人間界に行くときぐらいだ。

魔族を人間界から天界に連行できても、こちらから人間界には行けないよう、蒼弓《そうきゅう》の門に守天の結界が張ってある。

魔界から人間界に行く道はない。

どうして桂花は人間界に行けたのか、それは本人も覚えていないそうだが、今の彼なら間違いなく、門をくぐったとたんに四肢が裂ける。

柢王は、もう滅多《めった》に人間界には下りていない。桂花をひとりにしたくないからだ。

羨《うらや》ましい、と守天は思った。

(……こういう繫《つな》がりでは、私のそばに誰かが立つことはないな)

愛する者にすべてを捨てさせるというのは、とても覚悟のいることだ。自分にはそこまでの決断はきっとできない。

「軍役は完全に休業中か？　柢王。桂花も」

「書類作成やってるけどな」

それは自業自得です、と柢王にツッコミを入れた桂花が、ええ、と守天にうなずく。

「今はこの人を見張るのが、吾《わたし》の仕事ですね」

しばらく柢王の部隊は、魔族に荒らされた森の復旧や、井戸の整備に回るらしい。

「俺が眠くなっても、こいつ、羽根ペンで俺のほっぺた刺して起こすんだぜ」

「寝るべきときに寝ないからでしょう。まったく。目を離したらすぐ冰玉《ひょうぎょく》をかまって外に出ていこうとするくせに」

氷玉とは、二人の飼っている鳥だ。先祖は魔族の血を引く龍種《りゅうしゅ》で、麒麟《きりん》と同じく、人語を理解する知能の高い鳥である。天界には滅多《めった》にいない。

「先日の魔族のことで、教えてほしいことがある。あれは湿地や沼地で生まれ、地中を移動しながら成長を続けていく魔族だと、以前報告書にあったけど」

それを書いたのは桂花だ。提出者の署名は、柢王となっているが。

「はい。魔界の植物は、鳥や獣を普通に食べます。完全に命を絶ってからですが」

「北にもあれは一度出たそうだが、西では一度も確認したことはないらしい。湿地から生まれたとはいえ、あそこの水じたいに王の結界が浸透しているからだろうか」

「たぶんそうだと思います」

魔界の常識を、こうして教えてくれる桂花の存在はありがたかった。

黙って聞いていた柢王が、せせら笑う。

「もともと西には、おとなしい魔族っきゃいねーじゃん。カルミアのクソガキ、自分は剣をとる必要はないって思ってやがる」

カルミアとは、天界の西域、洪瀏王《こうりゅうおう》の治める国のひとり息子である。愛くるしい容貌《ようぼう》の子で、守天を慕ってよく手紙を書いてくる。

「カルミアか。あれはまだ、文殊塾に通いはじめたばかりだし、仕方ないよ。そういえばおまえ、今度から塾で、体術の授業を引き受けるそうだな」

話題を変えた守天に、情報が早いなー、と柢王はうなずいた。

「アシュレイも剣術指南でお呼びがかかってるぜ。打診がいくのは、謹慎がとけてからだろうが」

「あいつも？」

「あんな子供に、子供の面倒なんか見られるんですか？」

刺《とげ》のある台詞《せりふ》を吐いた相棒を苦笑して見上げた柢王は、守天には穏やかな瞳《ひとみ》を向けた。

「俺はなかなかいい人選だと思う。あいつ嘘《うそ》つけない性格だし、むきになってガキにつきあいそうなのも、体力ありあまってんのもさ。ばっちり、適材適所じゃねぇ？」

「馬鹿《ばか》は馬鹿なりに、使い道があるというわけですね」

「こらこら桂花」

アシュレイと桂花の間には、今回のことだけではなく確執がある。一度などは、命をとられかけた。仕方ないとはわかっていても、柢王はすまなそうな目で守天をあおぐ。

「悪気はないんだ、ティア」

「桂花の気持ちはわかるよ。あいつはたしかに、むきになると手がつけられなくなるし。先日も、目を離したすきに私の客人と真剣勝負……というか、あいつから決闘を申しこんだんだ。相手の配慮で大事にはいたらなかったが……」

「決闘～っ⁉」

「謹慎の意味なんて、ないじゃありませんか！」

　柢王と桂花が口を揃《そろ》えて叫ぶ。

「その客人って、実は……ここだけの話、最上界から来た方で」

「最上界からって……天数《てんすう》か？」

　桂花はわからないと首をかしげたので、柢王が簡単に説明した。守天はアウスレーゼが次代の三界主天《さんかいしゅてん》だということまでは言わなかったが、賓客の身分を聞いた柢王は、守天が天主塔を脱出してきたわけを早々に悟ったようだ。

「アシュレイの奴《やつ》、よくやるな。おまえ、ほんと甘やかしてんな」

「庇《かば》えば庇うだけ守天殿の立場が悪くなるのでは？」

　桂花は遠慮しつつ言うと、少し疲れた様子の守天の顔を心配そうに見つめた。

「でも、そんなところも可愛《かわい》くてたまんねぇんだよな、ティア」

　柢王は前髪を掻《か》き上《あ》げて涼やかに笑う。

「柢王！」

　桂花は眉間《みけん》に皺《しわ》を寄せ、苦い口調でつぶやいた。

「……あのアホ猿を？　失礼ですが趣味を疑います」

「いや、桂花そうじゃ……」

「初恋だもんな。ほんっとシュミわりぃ。ははは！　うっ」

笑ったせいで傷口がひきつったのか、柢王が突然寛衣《かんい》の合わせの上を両手で押さえた。痛がりながらも笑っている。枕《まくら》にうつぶせ、ゼイゼイ息をしながら。

「馬鹿《ばか》はあなたも一緒だ。おとなしく寝てなさいよ」

桂花は呆《あき》れた口調をぶつけたが、柢王の傷に触れないように身体《からだ》を支えて寝返りを打たせると、包帯が濡《ぬ》れていないか調べた。火傷《やけど》には汗と熱が大敵だからだ。

「診《み》ようか。柢王」

「お願いします、守天殿」

へーきへーきと柢王は笑うと、寛衣を脱がそうとした桂花の手首を摑《つか》む。

「アシュレイの奴《やつ》、今回もあの魔族を自分がしとめられなかったから荒れてんだろ」

あれはずっとあいつが追ってるヤツだから、と言った柢王に、守天はそっと息をつく。

「知ってたのか、おまえ」

「副官候補の敵《かたき》を、とりたがってるってことだけならな」

「あれは燃やすしかない魔族だそうじゃないか。なんでおまえ、避《よ》けなかったんだ?」

別の者からとった調書で、柢王はアシュレイが技《わざ》を放つのを止めようとして前に飛び出したことが明らかになったのである。

「逃げ遅れたのさ。俺としたことが、ドジった」

へらりと笑った顔の隣では、桂花が無言で目を伏せている。なにか事情がありそうだなとは感じたものの、守天はあえて尋《き》かない。

桂花は、柢王のために冷たい水を、守天のために湯をもらいに部屋を出ていった。

「は……っく」

柢王は細い長い息をくりかえした。目を閉じた額から、みるみる汗が流れてくる。

「やせ我慢は桂花を心配させないためか？」

守天は椅子《いす》から立ち上がり、そばにあった布で汗をぬぐってやると、柢王の寛衣《かんい》の前をくつろげて包帯をほどいた。

「俺が痛そうにしてっと、そのぶんアシュレイに桂花は憎悪《ぞうお》を向ける。今回のことは誰が悪いわけじゃないって言ってもな。愛されてっから俺、はは！」

「わかったから、黙って」

膿《う》みただれた肌の組織が壊死《えし》しかかっていた場所から、守天は手光《しゅこう》を当てはじめる。

外側がこうなのだから、浸透している内側の火傷《やけど》はかなり深いはずだった。手光のかすかな波に撫《な》でられるだけでも、柢王はときおり息を詰める。

アシュレイの炎は王族のもの。原始そのものなので、ただの火傷とはわけが違う。

どれほど桂花の薬師としての腕が良くても、薬で治せる限界はある。

柢王が痛みに我慢強いのは昔からのことなのに、すっかりだまされた自分に守天は情けない気持ちでいっぱいだった。

この二歳年上の親友との出会いは《文殊塾》だった。

文殊塾は、天界の高貴な家柄の子供達だけを入学させて教育を受けさせる機関で、ここを卒業して初めて、元服《げんぷく》を受けることを許される。

知り合ったのは、アシュレイと自分が年少組で、柢王は年長組の頃だった。その頃は、もっぱら柢王はアシュレイと腕比べばかりしていた。今もアシュレイを武力で止められる数少ない、心強い存在だ。

「……武将とはそういうものなのか？」

柢王は目を開けて、寂しそうな顔を見つめる。

「アシュレイは部下の敵《かたき》をとりたかったと、だから、無理やりでもあの魔族は自分が退治したかったとは言っていない。別からの調べでそうと……」

柢王が無理を押してやってきたとき、それを口にしていれば、もしかしたら自分は彼を謹慎にはしなかったかもしれない。

天主塔で預かるために、別の言い訳を考えて、アシュレイの父や蒼龍王《そうりゅうおう》にも、武将としての気持ちを汲《く》んでやってほしいという嘆願書を書いて送っただろう。

今さらだが、頭から彼の行動を注意した自分のやり方が、はがゆくて仕方ない。

「結局、俺達は魔族を逃がしちまったからな。それも、あんな大物を。言い訳していいのは、どんな手を使おうと勝ったときだけさ」

「でも私にくらい！」

思わず声を荒らげた自分の口に守天は手を当て、病人から視線をそらす。

手光《しゅこう》の光の渦が、だんだんと小さくなっているのが掌《てのひら》を通じてわかる。膿《う》んでいる場所が狭まってきた証拠だ。すでに肉眼でも肌は元どおりになり、肌を押し返すように筋肉も復活してきていた。

「おっし！　もういいぜ」

守天の手首を摑《つか》んだ柢王が、ありがてぇ、と床に足を下ろす。

「起きるのはまだだよ」

「大丈夫、大丈夫」

柢王はそう言うと中庭に出ていってしまう。守天は羽織るものを持ってあとを追った。

久し振りに腕を空に伸ばして大きな伸びをしている柢王は、嬉《うれ》しそうな顔だった。

「完全完治！　感謝するぜ」

「体力の回復はまだだ。栄養つけて、数日は安静に」

「そうだな。温泉にでも行くか。桂花も入れる天然のとこ」

それはいいね、とほほえんで守天は柢王に羽織を渡す。

「また喧嘩《けんか》してんのか？　アシュレイと」

「あれから十日だよ。まさか。おとなしいよ。客人のお相手もしてくれてて」

「ティア、俺の目を見ろ。ただの喧嘩《けんか》じゃないだろ。なにしたんだ、おまえ」

べつに……と言いながらも、その言葉の苦さを味わうように守天の頬《ほお》がひきつる。

ほぼ二年間ずっと彼を無視していた、と今さら告白するのはためらわれて、守天の視線は親友からそれた。

いつまでも隠しておけるものでないと、わかってはいるのに。

「言っちまえよ。庭には桂花は出てこない」

湯をもらいに行ったのは口実なのだろう。桂花らしい気づかいに守天がほほえむ。

しかしそこまでしてもらっていても、決心がつかない。うつむいて地面を見つめる。

「ならこっちから尋《き》く。とうとう押し倒したか？」

はじかれたように顔を上げた守天に、好きなんだろ、と柢王はまじめに言う。

「そんなの昔から知ってる。俺はこだわらねぇからさ。そういうの」

「な……」

「でもあいつはどうかな。なにしろガキで奥手……」

「柢王！　私はそんなことしてない！」

「したくないのか？」

息つぐ間もなく質問してくる彼に、待ってくれとすがる守天の声はうろたえている。

強い声は止まってくれない。

「あいつが欲しくないのか？　いつか誰かに奪われるぞ」

重い響きに、頭から足までまっすぐ串刺《くしざ》しにされる。磔《はりつけ》のように、その場に縫い止められた身体《からだ》は足に根が張ったようだ。守天は唇を噛《か》んで、うつむくのがやっとだった。

「……仕方な……」

「本当か？　見てられるか？　おまえ本当に見ていられるのか？」

くりかえされると、言葉で否定したくても心がついていかなくなる。

アウスレーゼがアシュレイに治療をしただけで、頭の中がまっ白になったばかりだった先日のことを思い出す。

――逃げている。

――だから、幼い心を包めない。

アウスレーゼに御印《みしるし》を読まれなくなってからも、守天はずっと、あの日言われた言葉に苦しんでいた。

しょせん、男神《だんしん》のように割り切って花から花へと移る男は、相手の肉体に与える変化など、ものうちにも入らないのだろう。でも自分は駄目だ。簡単に割り切れない。

「……これ以上そばにいたら、あいつが傷つく。離れて……いないと」

「傷つかねーよ。とっとと押し倒せ。俺が許可してやるよ」

「あいつは駄目だ」

どんなにそそのかされても、これまでのように柢王に御膳立《おぜんだ》てされた女達とアシュレイを一緒にはできない。堅い信念を思い出して守天は強く言い返す。

「なんでそうやって決めつけんだ」

「遊びじゃないからだ！」

「俺だって遊びで尋《き》いてんじゃない！」

声は大きくなっても柢王は怒っているわけではない。親身なだけだ。わかっていても今は彼の言葉が守天には痛かった。

それとも、普通に天界人として生まれた彼に対する嫉妬《しっと》だろうか。

もし自分が柢王の心と身体《からだ》で生まれていたなら、こんなふうに迷ったりしないでアシュレイを手に入れていたはずだったと。

彼に誰よりも必要とされたい。一生かけて守りたい。

誰よりもなによりも、彼の信頼を得たい。

百万回も思い、同じだけあきらめた気持ちだ。今さら誰かに指摘されて、覆《くつがえ》せるものだと思いたくなかった。

「告白なんかしないよ」

守天は頭を振って、柢王から数歩離れる。

天数《てんすう》の肉体には、おぞましい肉欲の歴史よりも重大な問題がある。

御印《みしるし》つきの肉体は遺伝ではない。この身体《からだ》は一代限りの生《せい》で、子孫は残せない。

（それだけならまだしも……）

この身体はたぶん、健康な天界人の体質を、自分と同じに変えてしまうのだ。

（過去に私と関係を持った女達は、誰も子供を宿せていない。私の御印が悪影響をおよぼしたとしか考えられない）

知ったのは元服《げんぷく》後だった。遠見鏡《えんみきょう》で、悲しんでいる彼女達を見ても、今さら守天にはどうしてやることもできなかった。

アシュレイはいずれ、王位を継ぐ者。跡継ぎを残すのが王家に生まれた者の義務だから、肉体の体質が変わるなんて、最悪だ。

（……アウスレーゼ様はアシュレイの体内には注がなかったと言っていた。それが本当であることを祈るばかりだ……）

やがて彼が結婚して相手の女性が世継ぎを産むまで、自分は経過を追い続けるだろう。アウスレーゼの手から守れなかった、自らへの罰だと思っている。

「ティア」

柢王が、無理やり守天の肩を摑《つか》んで振り向かせる。

「俺はアシュレイより、おまえのことが心配だ」

掌《てのひら》でぴたぴたと守天の頰《ほお》を叩《たた》いている柢王は、態度は軟化させていても、変わらぬ思いを放射している。

「おまえがあいつにしてきたことが、どれほどだったか、一番近くで見ていたのは俺だ」

他人に言われると、自分で思っていたよりこたえることがある。今の言葉はそれだ。

「……むくわれたいから、してたんじゃない」

やっとのことでしぼり出した声が、ひどくひずんでかすれる。

柢王は、ばっさりと否定した。

「嘘《うそ》だ。おまえがそうでもアシュレイはどうなんだ？　ほぼ十年。あれだけおまえに特別にされて、なんでもないと思うほど、俺達は子供だったか？」

思い出す。高い場所から本をとってやったり、座るときに椅子《いす》を押してやっただけで、自分にはほかの女に接するよりもやさしいのですよね、と誤解した同級生達のことを。

転んだだけでベソをかくような子供ばかりだったのに、あの頃すでに他人と自分を区別したがる嗅覚《きゅうかく》が、たしかに宿っていた気がする。

まさかアシュレイも？　守天は急速に青ざめた。

「期待していたと？　あいつが」

「ま、してねーわな。けどあいつ、照れ隠しで山ブッ飛ばす奴《やつ》だしさ」

柢王も、さすがにあっさりとは肯定しない。しかしアシュレイは同性異性に関《かか》わらず、
誰よりも奥手で、昔から、気になった女子がいてもわざと乱暴な態度をとって怯《おび》えさせる

ことしかできない性格だった。

「この前だって桂花の味方されたから、嫉妬《しっと》で、あんなふうに結界膜《けっかいまく》の中で暴れて……」

「そうじゃない。私をいつも怒っているのは……白状するけど、元服《げんぷく》後から私が態度を変えたせいなんだ。この二年、あいつは天主塔に泊まることはおろか、一緒にお茶を飲んだこともらない。ずっと隠してて、ごめん」

なんだとーっ⁉　という怒声に、ごめん！　と、さらに守天は頭を下げる。

「なにやってんだ、おまえら。二年も前からだと⁉」

二年前なら、桂花がこちらにやってきた頃ということになる。

アシュレイが桂花と初めて顔合わせしたとき怒っていたのは、桂花が魔族だからだとばかり思っていたが。

「桂花のことで俺を軽蔑《けいべつ》してるんだって思ってたぞ。でも今におまえが、うまいこと宥《なだ》めてくれるんじゃねーかなと、淡い期待をだな……」

「ごめん」

「俺が前にアシュレイの近況尋《き》いたとき、副官とうまくいってないみたいだとか、父親と喧嘩《けんか》中で機嫌が悪いとか言ってたのは？　気に入りの副官候補が死んだときだって……」

「遠見鏡《えんみきょう》で見ただけだったんだよ」

苦渋に満ちた守天の顔を、ふたたび柢王はぺちん、と弱い力で叩《たた》く。

「あーあ。ったく。アシュレイの奴《やつ》も、みずくせぇな。俺に言いつけに来いよなー」

「おまえと私は続いていたから、言いたくなかったんじゃないかな。プライドが……」

それもそうだなと、柢王は溜《た》め息《いき》をついた。

「絶対泣いたぞ。あいつ」

柢王の言うとおりかもしれない。元服《げんぷく》のあと、しばらく守天は公務を休みがちだった。精神的にいろいろなことが辛《つら》くて、遠見鏡《えんみきょう》も封印していたから、南の国もアシュレイのことも見ていなかったが。

部屋の中から茶器のぶつかる音が聞こえている。桂花が戻ってきたのだろう。柢王の言ったとおり、桂花は外に声をかけてくることすらしない。

「戻ろうか」

「待てよ。アシュレイどうすんだよ」

何度尋《き》かれても同じだ。守天は、緩《ゆる》く首を横に振る。

「……大事に想《おも》う気持ちは、きっと一生変わらない。私なりに、あいつを見守っていくつもりだよ。でも以前のように部屋に泊めたりするのは無理だ」

そう言うと、うつむいて寂しげに笑う。

「おまえが羨《うらや》ましいよ、柢王。いつも傍《かたわ》らに桂花を置くことで、はっきりと自分の気持ちを周囲に示したおまえが眩《まぶ》しい」

母親が用意する見合いをことごとくすっぽかし、誰の前でも桂花への態度を変えない男だから、桂花も信じてそばにいるのだろう。その信頼関係も、真実をまっすぐ示せる立場も、なにもかもが守天には眩《まぶ》しかった。

「でも、これが私の愛し方だから」

そんなふうに言われたら、柢王はもう言い返せなくなってしまう。

「働きすぎなんじゃないか？　また執務室で寝起きしてるんだろ。俺よりおまえのほうが、よっぽど病人みたいだ」

「はは。そう見える？」

「守天サマの笑顔が地上に降りそそいで人間を守護する、って習った覚えあるんだけど」

「ああ、そんなことも習ったね。一応そうらしいよ」

文殊塾では、呪文《じゅもん》や礼儀作法のほか、天界や人間界に関することも詰めこまれる。とはいえ、自身のことなのにティアランディアは、まだ自分の身体《からだ》のことをよく知らない。これまでは極力考えないようにしてきたせいもあるが。

人間たちに自分の気持ちが届いてしまうというのが、どういう方法かはわからなかったが、もしそれが本当なら、自分が守護主天でいる間は、偽りの幸せを彼らに送り続けることになるのだろうか。

それでも仕方ない。守天は醒《さ》めた気分でそう思った。

かげりのある表情を柢王はじっと見つめる。こんなときも艶《つや》を失わないどころか、今の守天は哀れを誘い、酷薄な美貌《びぼう》はいっそ凄絶《せいぜつ》に感じられた。

ぞくりとしたとたん、踏《ふ》み止《とど》まれと自らに律するように柢王は腕に爪《つめ》を立てていた。

この親友に、一度もやましい気持ちなど抱いたことはないが、……なにかの重力に引きずられるような気分だった。

傷ついている彼を抱きしめてやりたいという気持ちで、頭の中がいっぱいになる。

「柢王？　どうしたんだ。痛いよ。放して」

ハッと気がつけば、守天の腕を摑《つか》み、肩を抱き寄せようとしていたらしい。

「あ……ああ、わりぃ」

「もう帰らないと。長居しすぎた。おまえから桂花によろしく言っておいてくれ。おだいじにな」

「おう」

たった今自分のとった無意識の行動に、柢王の背中を冷や汗が流れ落ちる。

その場で空に上がり、天主塔の兵士達が待機している輿《こし》に守天は戻っていった。

「守天殿、元気ありませんでしたね」

いつの間にそばに来ていたのか、足音も気配もさせずに桂花が声をかけてくる。

「ああ。もう帰った。おまえによろしくだとさ」

「治ってますね、火傷《やけど》」

寛衣《かんい》の合わせを開き、なめらかに隆起した筋肉の上を紫微色《しびいろ》の指がそっとなぞる。

「守天殿の好みはおいておくとして……秘めた相手が、あなたでなくてよかった」

「ありえねぇって」

未《いま》だに桂花がそんなことを口にするとは、柢王は思ってもみなかった。だが嫉妬《しっと》とは違う、迷ったような目を見て軽口を叩《たた》くのはやめ、どうした？　と尋《き》いてみる。

「……吾《わたし》の目がおかしかったのかもしれませんが、今さっき、守天殿の身体《からだ》のほうから、あなたの身体のほうに影が伸びていました。二人とも止まったままなのに、守天殿の影だけが」

「影って、これか？」

石畳の上に伸びている自分の影を靴で蹴《け》ると、ええ、と桂花がうなずく。

「天界人の術かなと思って見てたら、守天殿が痛いと声を出して……。あなたの顔はこちらからは見えませんでしたけど、そこで伸びていた影は戻りました」

柢王は自分の中で生まれた疑問より先に、桂花を安心させるのを優先したかった。

突然首に手を回された桂花は、髪の上から耳に熱い唇を押しつけられる。

「なんです?」

「いや。おまえのこと、大切だなと思ってさ。おまえが俺を選んでくれなかったら、今頃どうしてたかな俺は」

「……どこかの貴族のお嬢さんに子供でも産ませていたんじゃないですか?」

あっさり切り返された声には、苦笑いで、まさか……としか返せなかったが、突然思い立った提案を柢王は口にした。

「よし! これからすぐ出かけるぞ」

「どこにです? 冰玉がいつ戻るかわからないのに、二人とも留守にしたら……」

守天にはまだ話す段階ではないので黙っていたが、先日のアシュレイととり合った魔族のことで、冰玉は情報集めに行っているのだ。柢王の命令で。

「あいつには、この枝に伝言を残しておけばいい。着替えとタオルと……てきとうに食べ物と水も持ってな」

「だから、どこに?」

柢王に腕を引かれるまま室内に戻った桂花は、「それは着いたときのお楽しみ」という声しかもらえず、急《せ》かされるままに荷物を作らされた。

輝王に命じられて二人を監視していた使《つか》い女《め》達は、庭から彼らがそっと脱出したことに、夜になるまで気づかなかった。

《無限抱擁[下]に続く》

外伝・蒼風《かぜ》の地図《みち》

天界《てんかい》の夕刻に吹く風は、午《ひる》のものより、なぜか急《せ》かされる感じを覚える。

ここには太陽も月も星もない。人間界のように陽《ひ》が落ちて夕刻を知らせることはなくても、人々は風の流れが変わると仕事を切り上げ、子供達は家に戻って夕餉《ゆうげ》を待つ。

風に教えられてから一刻（二時間）ばかり経《た》つと、空は闇《やみ》に覆われるのだった。

時を知らせる《水時計《みずどけい》》と呼ばれるものもあるが、聖水《せいすい》の中に入れて使わなければならないので、裕福な家庭でもないかぎり、それを持ち歩く者は滅多《めった》にいない。

天界の東に位置する、風雷帝《ふうらいてい》・蒼龍王《そうりゅうおう》の治める地にも時計を見る習慣はなかった。

風をつかさどる蒼龍王の地に住む者達は、たとえ子供でも風の動きで時を計れる。


柢王《ていおう》の《姿隠術《しおんじゅつ》》にとりこまれて空を飛んでいた桂花《けいか》は、まるで自分の身体《からだ》が風に溶けてしまったような錯覚を受けていた。

周囲の景色は目に入るが、自分の姿が自分では見えていないのである。

姿隠術は天界の術で、魔族の桂花には使えないが、術を使える者と手を繋《つな》いでもらえれば一緒に姿を隠していられる。

術を使っている柢王には、自分の姿も桂花の姿も見えているということだった。

「柢王」

「なんだ」

繋《つな》いでいた手に力をこめて返される。

「忘れもんか？」

「そろそろ術を解いてもいいんじゃないかと。周囲に人もいないし」

蓋天《がいてん》城《じょう》からこっそり抜け出すために、姿を隠していたのだが、もうここは南との国境に近い場所。この時間は東の兵士の巡回はないと、桂花の頭脳は記憶している。

「調子はどうです？　無理していませんか」

「もうバッチリ。毎日おまえの緑茶飲まされて、栄養たっぷり補給したしな」

「あのお茶で栄養はとれません。内臓の働きを助けるだけです」

「似たよーなもんだって」

「全然違います。公の場で口にしないように」

火傷《やけど》による紙王の療養生活は、守天《しゅてん》の手光《しゅこう》のおかげで一応の決着をつけた。

『出歩ける程度の怪我《けが》』のはずなのに、十日以上も軍に戻らないことは、そろそろ領内でも噂《うわさ》になりつつあったので、訪問はありがたかった。

花街で紙王に目をかけてもらっている店や芸妓《げいぎ》からも、差し入れや心配の手紙が山のように届き、元気になったらなにがなんでも顔を見せて、大盤振る舞いをしなければならない事態となっている。

（まったくあいつは、ロクなことをしない……）

あいつ、とはむろん南のサル、アシュレイ・ロー・ラ・ダイのこと。

キーキーと、王子とは思えない小汚い言葉遣《づか》いでがなりたて、魔族に関する正式な調査結果を提出しても、それが自国に不利になることだと認めない。

桂花にとって、アシュレイという存在は、身分を盾にしたただのガキでしかない。

（あれが好みだという守天殿もわからないが、庇《かば》い続ける柢王にもやれやれだ……）

桂花は繋《つな》いでいた手はそのまま、空いているほうの手で柢王の完治したばかりの胸に触れた。だが、見えないので手さぐりでさわったら、胸でなく腹を撫《な》でてしまったらしい。

「んー？　腹はへってないぜ」

「そうですか」

桂花は取り繕わずにさっさと手を引こうとしたが、柢王はその手を摑《つか》み、さらに下にずらすと、桂花をすばやく腕の中に閉じこめ、旋回しながら地面に急降下した。

「やめなさい！　危険ですよ！」

「へーきへーき。もうこーんなこともできるし、ココも元気だろ？」

「馬鹿《ばか》言ってないで……っ」

桂花は服の上からきつく柢王の脚の間を握ってやったが、当人は笑っているだけだ。

「すげー気持ちいい。十日以上も禁欲なんて、拷問以外のなにモンでもないって」

おまえがずっとそばにいたのにさ……と、桂花の髪に唇を押しつけ、わざとそこに熱い息ごとささやく。

いたずら小僧になった柢王には、嫌がってみせてもよけい喜ぶだけだ。

目が回る。桂花はもう景色を見ていられなかった。柢王の硬い肩に目をつむって額を押しつけ、早く地面に着くことだけを願った。


柢王の目指したのは南領《なんりょう》の端にある、海底火山が確認されている天然の温泉地だった。途中に旅籠《はたご》のような集落も見えていたが、柢王はわざと離れた山間《やまあい》に着地した。

草むらにそっと下ろされた桂花は、柢王の腕が支えるままにずるずると、地面に頭をつけたところで、ようやく肩の力を抜く。

「目が回ったか。ちょっと休んでろ。ここらにあるはずなんだ。捜してくる」

「なにを捜すんです?」

「お楽しみってことで♪」

桂花はまだ、今回の脱走の目的を教えてもらっていなかった。着替えにタオル、ときて、この地に降りたというなら予想はつくが。

魔族の姿のままで他国の領地にいるのは危険だ。髪を掻《か》き上《あ》げ、桂花は起き上がった。

「変化《へんげ》します」

「いや、大丈夫だろ」

「いいえ。制服も着ていないし。ここは東領《とうりょう》ではありませんから」

そう言っている間にも、髪の長さはそのままで色だけ黒くなり、紫微色《しびいろ》の肌も、東に多い象牙色《ぞうげいろ》に変わった。紫水晶の瞳《ひとみ》を変えるのだけは、自分で作った目薬を使う。

これは数時間しかもたないが、瞳が薄い茶に変わると、どこから見ても天界人にしか見えなくなった。

柢王はそれを見届けると、うなずいて林の中に消えていった。

ひとり残されて空を見上げていた桂花は、百数えるうちに、もう首の周りに汗が浮いてきていた。南領の地はほとんどが、人の体温とほぼ同じ気温なのだ。

建っている施設や人々の姿も一年中開放的で、肌を露出しているのが普通らしい。

東領の気温は、ここより十度は低い。蒼龍王《そうりゅうおう》の趣味で春と冬があったりもする。

「……暑すぎる……」

守天を迎えたときの格好のまま出てきたので、それほど厚着ではなかったが、首に巻いていたスカーフをほどくと、靴も脱いでしまった。

髪も紐《ひも》でひとつに束ねた桂花は、愁《うれ》いに満ちた表情を広々とした空へ向けた。

「冰玉《ひょうぎょく》、無事だろうか。もう一週間だ」

　柢王の命《めい》で、とある探しものをしに行った鳥は、運がよければ西の水辺で数十年に一度、卵から孵《かえ》ると言われている龍鳥《りゅうちょう》だ。一年たって少しは育ったが、天界の蔵書室で読んだ本には、龍鳥は五年までは雛《ひな》と呼ばれ、本来の力を発揮できないらしい。成鳥になると鳴き声で相手に眠気を起こさせ、その間に餌《えさ》にありつくと言われていた。あまり攻撃的な種ではないが、魔族の鳥との混血だそうで、雛のときから教えれば人語も理解する。魔族というより、麒麟《きりん》に近い神獣《しんじゅう》と呼ぶ者もいるが、聖水《せいすい》には弱い。

　あの鳥は柢王が拾ってきた。自分達で言葉を教えたいと、桂花に世話を頼んだのだ。

　その頃まだ、桂花は柢王を信じられなくて、王子様の気まぐれで魔族を囲っているのだと、かたくなに思いこもうとしていた。

　天界での二年間は、人間界での二百年と少しに当たる。

　こちらでの三日と半日ぐらいが、あちらでの一年間となるらしい。

「……二年、か」

　守天やアシュレイと柢王のつきあいは、ほぼ十六年になるということだった。

「吾《わたし》は李々《りり》と、どれぐらい一緒にいたんだろう」

　親の顔も覚えていないほど幼い頃に親に捨てられた桂花は、ひととき魔族の群れで育てられ、そこで自分の身を守ることを覚えると、群れを離れてひとりで生きていた。誰にも見つかりにくい洞窟《どうくつ》の中で、涌《わ》き水《みず》と、森で拾った木の実を頼りに生活していたら、ある日、《李々》という魔族の女と出会ったのだ。それからはずっと二人で暮らしていた。いつの間にか、育ててくれた彼女の背を追い越し、重い荷物を自分が担当するようになり、女の肉体は男をやさしく包めるのだと教えてもらい、保護者から恋人に移行して……。

それが自分のすべてだった。

生きている年月はわからない。柢王より自分はたぶん、年上だろうということ以外は。

ふと顔を上げると、今でもそのあたりの森から、彼女が現れるのではないかという錯覚に陥りそうになる。人間界で消息を失った彼女が天界にいるはずないのに。

「暑い。……柢王、どこまで行ったんだろう」

めまいはなくなったが、風に急《せ》かされ、桂花は荷物を持って立ち上がった。

「柢王！　どこです？」

彼の消えた林の中に声をかけながら、桂花も足を踏み入れた。

水音のしたほうに桂花は自然と動いていた。ここらへんが天然の温泉地だということは知識では知っていたが、歩くのは初めてなので土地勘がまるでない。

足元は硬くて乾いた土なのに、湿度はものすごく高い。温泉地とはこういうものなのかと知識の中に加えながら歩く。

最初はわずかにけむっていた程度だったが、次第に濃厚な乳白色のもやが周囲を包んでいる場所に出た。ぼやけて見える景色の中を注意深く進むと、足元よりわずかに下がった岩と岩の間に、突然大きな湯穴《ゆあな》が現れる。

中には先客がいた。桂花が土を踏む音で相手も振り返った。

「きゃっ！」

「し、失礼！」

慌《あわ》てて後退した桂花は、次の瞬間、女性の肉体に変化《へんげ》していた。胸がわずかにふくらみ、腰にくびれができて、肩や足首がほっそりとした姿に。

それから、もう一度近づいて尋《き》いてみた。

「驚かせてごめんなさいね。こちらに、額に布を巻いた黒髪の男が来ませんでした？」

胸のまわりに手早く白い布を巻いた彼女が、ほっとした顔で息をつく。

「女の人だったのね。ああ、驚いた。黒髪の男なんて来なかったけど。どちらから？」

「東領から来ました」

桂花は声も少しかすれたふうな、男だか女だかわからないものに変えている。

乳白色の湯の中で、花のように広がっている彼女の赤い髪が懐《なつ》かしい。李々も腰まで届く赤い髪の人だった。

「南領にはみごとな赤い髪が多いって聞いていたけど、本当なんですね」

「ありがと。湯に浸《つ》かりに来たの？」

「……ええ。たぶん」

説明はなかったが、傷口が塞《ふさ》がれば湯治というのは、いかにも柢王の考えそうなこと。

別の場所を捜してみます、と桂花が彼女に言ったとき、背後から声がかかる。

「桂花。こっちに来てたのか」

「あ、ちょっと！　中に女性がいます」

足を踏み出そうとした柢王のほうに、慌《あわ》てて桂花は歩み寄る。桂花から荷物を奪いとった柢王は、にやにやしてシャツの胸元に指を伸ばした。その手がパシッとはたかれる。

「イテ……胸当てもしないで、こんなカッコしちゃって。心境の変化か？」

「シッ！　湯穴をのぞいたら女が中にいたんで、仕方なく変化《へんげ》したんです」

「色っぺー。そういうのもいいな。今まで考えたこともなかったけど」

くびれた細い腰に腕を回して抱き寄せると、体重も軽くなった身体《からだ》は簡単に柢王の胸に倒れこんできた。

「乱暴にしないでください。湯治に来たかったなら、そう言ってくれればいいのに」

「それもあるけど、慰安旅行一泊二日の旅にご招待、が有力だな」

吾《わたし》のために？　と驚いている顔を柢王は両手で引き寄せる。舌で舐《な》めて、薄く開かせた桂花の唇をそっと吸いあげ、本当だぞ、とほほえむ瞳《ひとみ》はやさしい。

「今回は特に苦労かけちまったからさ。聖水の関係ない天然の湯で、あんまり人のいないところっていえば、俺のオススメはここらだったんだけど、最近来てなかったら、俺の知ってる湯穴は閉鎖になってた」

「残念ですね」

「けど、ここも良さげじゃん。入ろうぜ」

桂花の肩を抱いて、颯爽《さっそう》とした足取りで湯穴に向かおうとした身体《からだ》に、ちょっとちょっと！　と桂花が抵抗する。

「女性が入ってるんですってば」

「いーんじゃゃん。こっちにはおまえもいるし。俺ひとりならヤバいけどさ」

「吾《わたし》に、この姿で入れと？」

胸布は俺が巻いてやると乗り気な柢王は、おおーい！　と白もやのほうに呼びかける。

「これから二人追加すっから、ヤバいとこ隠してくれ」

「どーぞ、いーわよー！」

とっくに予想していたような、期待すら含んだ声が返される。混浴に慣れているのか？　ここらの住人は。南の人々は、天界の中でも特におおらかな性格だと聞いてはいたが、見ず知らずの男を交えた入浴なんて、危機感がなさすぎなんじゃないか？

疑問は心の中にしまったまま、これが桂花の、天界での温泉初体験となった。

「泊まる宿も決めてないなんて、桂花さん、気の毒ぅー」

「いやぁ。ここらは暑くて虫もいねーからさ。何度か俺は野宿してるし。なんなら俺が抱いて帰ってもいいいやと思ってさ。兵士ってなぁ、薄給でさ」

「いーわよねぇ。兵士って飛べて。私も次の恋人は兵士がいいな。紹介してくれない？」

「まぁ、輿《こし》持ってる金持ちつかまえるよりはお手軽だよな、兵士の彼氏は」

出身地やら年齢、桂花との恋人歴……と、初対面なのに柢王相手に会話のはずんでいる若い女は、レイラと名乗った。近所の温泉宿に勤めているが本日は休みらしい。容姿も派手だが、人見知りしない性格は、いかにも接客業の水が合っている女性という感じだった。

桂花はそのままの名を使っているが、柢王は兵士ということにして《光弥《こうや》》という、どうみても花街の男くさい、光りものの偽名を名乗っていた。

名前に《王》という文字を使用していいのは、東国では王族の直系だけということは、他国にも知れ渡っているからだ。

「おとなしいのね、桂花さん。それとも湯あたりした？」

「……そうかも」

平気な顔で柢王の横に浸《つ》かっていた身体《からだ》が、ぐらりと柢王の肩に頭をぶつける。

「いっ……！」

噛《か》み殺《ころ》した声をあげた柢王の首に、ほっそりとした腕を巻きつけて桂花は、くったりと抱きついた。腕の陰で噛んだ柢王の肩には、しっかりと歯の跡がついている。

（いくら吾《わたし》が一緒とはいえ、混浴中の女とベラベラ話すにもほどがあるのでは!?）

苦笑している柢王に、無言の訴えは届いたようだ。

「俺ら、ちょっと休憩するわ。あんたは大丈夫なのか？」

「南の国の女ですもの」

得意げに笑った彼女は、すぐ上の坂に板の間があると教えてくれた。冷たい水が流れているそこで、ほてった身体《からだ》を冷ませるそうだ。

湯の色は乳白色なので、女は胸を布で隠していたが、柢王は一糸まとわぬ姿だ。柢王は桂花を湯の外に出してから、乾いたタオル一枚で胸から腰までを巻き、自分も腰まわりに布を巻くと、桂花を軽々と両腕に抱いて板の間まで飛んだ。

もともと、桂花は細身だが、天界人の女の身体に変化《へんげ》するのはこれが初めてである。

箸のような枝一本で巻き上げていた黒髪をほどいてしまいたくて、柢王は枝を歯で引き抜いた。抱いている腕はそのままで、左手の指先を回して集めた風を、小さい竜巻《たつまき》にして桂花の頭にぶつけてやる。湿気で重くなっていた髪がまたたく間に乾く。

「温泉は気に入らなかったか？」

「……魔族はもともと、身体《からだ》に熱いものは近づけないんです」

ちょっとした意趣返しのつもりで桂花はつぶやいた。

「食事だって温かいものより、干したものや冷たいもののほうが食べ慣れているし、熱いお茶も舌の感覚が狂うから、吾《わたし》は飲まないでしょう？」

吊《つ》り上《あ》がった唇は意地悪く笑み、凍った冷気を吹き出すかのように瞳《ひとみ》は冷ややかだ。

そんなことは初耳だったが本当だろうか。柢王は目をぱちくりさせてつぶやいた。

「そっか。ときどきすげぇ味の薬作るのって、昔熱いモン食ってそれで舌の感覚が……」

「違いますよ！　あれはああいう味の薬なんです」

イヤミをイヤミで返すことにかけては、柢王と桂花はいい勝負。下ろせ！　と足をバタつかせても、柢王の腕の力が強すぎた。抵抗がまるで効いていない。

タオルの上からニヤニヤと、女の身体を見つめて喜んでいる顔が桂花は憎らしかった。

「花街でも女と長風呂《ながぶろ》だって噂《うわさ》を聞きますけど、ああやって話がはずむわけですね」

「そうそう。花街の風呂でも、話しかしてねぇし」

「うそばっかり」

柢王が女にもてるのも、女と話すのが好きなのも今さらだ。花街にずっと続いている女がいることだって、桂花は一度も責めたことはないし、柢王に花街の舟遊びに何度も連れていってもらい、どんな女を贔屓《ひいき》にしているのかも見ている。

遊んだあと、必ずといっていいほど柢王は山ほどの情報を手に入れてくるので、あれは仕事のためでもあるのだと割り切っているし、彼の花街通いは元服前《げんぷく》からなのだと、守天にも少しだけ聞いている。

でも混浴はちょっと違うのではないか？　しかも、女の姿で自分が隣にいるのに。

「おまえのほうがレイラより、ずっと美人だって」

そう言われても、ツンと視線をそらして桂花はそっぽを向く。

「この身体《からだ》、細いわりに胸も大きいし、腰もさっきから摑《つか》みたくてたまらない。首筋も……んん。ドクドクしてるな」

「熱いって言って……やっ」

板の間には窓がなかった。床から胸までの高さほどの壁はあったが、六角形の建物には、屋根を支える柱があるだけで、三百六十度すかーんと見晴らしがいい。

きれいな水は木の樋《とい》から流れてきて桶《おけ》にたまっているが、大人が十人もあぐらをかけば床にすきまがなくなる程度の狭い室内には、丸太を縦に割った背もたれのない椅子《いす》が、中央に向かい合って三つあるだけだった。

桂花を椅子の上に寝かせた柢王は、自分は床に跪《ひざまず》いて覆いかぶさる。

身体を柢王の腕で押さえつけられたまま桂花は口づけを受けた。

この身体は過去に自分が関係した女達のものを想像して、柢王好みに少し手を加えたものだ。たいしていつもと変わらないはずだ。

なのに、受け止める唇の感触が違う気がした。もっと厚くて弾力があって……熱い。男の身体《からだ》ならもう少しは力を出せるのに、まるで岩みたいに硬くてびくともしない肩や胸が、征服されそうな気分を、いやおうなく煽《あお》る。

「やだ……っんっ……もうっ」

口では抵抗していても、桂花は少しずつこの状況が楽しくなってきていた。柢王の舌が遠慮がちに、白いタオルを歯でずらした中にもぐりこんでくる。

足元からもタオルの中に手が入り、いつもは男性器のある場所を不思議そうに撫《な》でていた。桂花はわりと忠実に女体変化《へんげ》していたが、さすがにそこは濡《ぬ》れない。

「ここ使えそう？」

「わかりません。もっとそっとしてくれないと、痛いんですけど」

やわらかい太腿《ふともも》にはさまれている手を、もう少し埋めようとしている柢王は、いつもとはまるで違う身体なのに、いつもと同じ匂《にお》いのすることに少なからず興奮していた。

桂花は膝《ひざ》を閉じて、下肢をさわる手の邪魔をしながら、もどかしさを楽しみつつ、片手では胸元のタオルを押さえ、もう一方では柢王の後頭部を引き寄せ、積極的に口づける。

今回の療養生活が始まってからは口づけすら拒んでいたから、十数日ぶりだ。

「ね、こういう身体……好き？　嬉《うれ》しいの？」

「ンだよ、その可愛《かわい》いしゃべり方は。これ以上俺を煽《あお》ると、どうなっても知らないぞ」

東の領民は享楽に目ざといというか、快楽を追求することには力を惜しまない。花街をひとつ、王の庇護《ひご》のもとで繁栄させているほどの国だ。そんな国に生まれ育った柢王も、むろん例外ではなく、国一番の女好きと言われる父王の血をかなり色濃く受け継いでいる。

桂花も人間界では、男女を問わず骨抜きにしては、宿と食事を楽して手に入れるのを、暇つぶしに楽しんでいたことがある。生計をたてていたのは自前の薬でだったが、李々がいなくなってからは、人間とでも気にせず肌《じ》を合わせていたのだ。

桂花は柢王を抱いたことはないが、彼を焦らして誘うのは好きだし、どこまでも自分が受け身ばかりの立場は好まない。セックスは対等だ、が主義《モットー》だ。

いよいよ柢王が、桂花の寝ていた丸太をまたごうとしたとき。

「おっと。お楽しみのところ失礼」

のんびりとした声をかけてきた男が二人、柢王達のほうを見ないように顔の横に手を当てて入ってくる。

こうなると、いくら餓《う》えていても続ける根性はない。柢王はさっさと桂花のタオルを巻き直させると、自分が見ている間に、桂花ひとりで湯穴に戻した。一本道の坂を下ればすぐに先ほどの湯穴だ。なにか起きても柢王なら一瞬で戻れる。

窓外で指を鳴らして風を呼び、乳白色のもやをどければ、そこにはまだレイラがひとりで入っているだけだった。

「恋人同士かい。いい女だったな」

「まぁな。俺がこれまで知る奴《やつ》の中じゃ最高だな」

天界人の女に変化《へんげ》していても、桂花のもともとの鋭くて切れ長な目つきをはじめとする顔つきは、ほとんど素のままだ。

雰囲気が違って見えるのは髪が黒いせいと、体格を華奢《きやしや》な女にしているせいで。

はぁぁ～……と、丸太に腰を下ろして、ガシガシ髪の中で指を突っこんだ柢王は、突っ張りぎみの腰前をタオルの上から揉《も》んだ。とっとと治まってくれないと湯に戻れない。

「悪かったな、兄さん。どっから来たんだい？　西かい、東かい」

「東。こんな野外でサカった俺が悪いんだ。気にしないでくれ」

互いに腰まわりだけに布を巻いている男達は、自然と自己紹介を始めた。柢王は先ほどから使っている偽名を。彼ら二人は兄弟で、王室の依頼でこの近くの温泉を集中的に調査している温泉調査員ということだった。

「温泉調査員なんてあるんだな、南には。初めて聞いたよ」

東には天然の温泉はない。花街にあるにはあるが、水蒸気釜《すいじょうきがま》を発明開発して、天界北《ほく》領《りょう》のサウナ風呂《ぶろ》を真似《まね》しただけにすぎなかった。

「さすが火山地、南領だな」

「いやいや。うちの王子様がしょっちゅう火山をふっ飛ばしてくれるせいで、ここらの湯の温度が定まらなくなってきててな。飛ばすなら死火山にしてほしいもんだよ」

「なかなか俺らの言葉なんて、とり上げられないしな」

「しかし、このままだと今に、もっと湯穴を閉鎖しないと、温度が保てなくなるのは、はっきりしてるんだがなぁ」

こんなところで親友の悪評を聞くはめになろうとは。柢王は心の中で彼らに「すみません、今度よく言っておきますんで」と頭を下げつつも、乾いた笑いを返すしかない。

ときどき下に風を送って桂花が安全か確かめながら、このへんでこぢんまりとした湯穴か、民宿についている天然の貸し切り風呂《ぶろ》はないかと尋《き》くと、さすがプロの二人は、すらすらと答えてくれた。

恋人と二人で入れる無料の風呂情報と、酒をやりながらしっぽりくつろげる宿の情報を手に入れた柢王は、ようやく治まった腰を、よっしゃ！　と持ち上げ、今度こそ十数日ぶりの本懐を遂げようと下の湯穴に走って戻った。

「桂花ぁ～っ！　移動しよーぜ、移動っ」

だが湯穴に入る階段で、すでに中は緊迫感に包まれていた。レイラと二人、奥のほうに身を寄せ合っていた桂花は、目の前から視線をはずさず、静かに右手を上げる。

「光弥、吾《わたし》のムチを」

レイラは縮こまり、桂花の背中に隠れていた。湯の上に浮いた大葉の上にヘビがいる。紙王はムチなど投げず指を鳴らして、かまいたちをぶつけた。今まさに牙《きば》を向けて飛びかからんばかりだったマムシが、ずたずたに切断される。

「きゃーっ、すっごーい！」

レイラがバシャバシャと湯の中を走って紙王に抱きついた。

桂花はさっさとひとりで外に出てしまう。マムシの死骸《しがい》の浮いている湯になど、入る趣味はない。

「このあたりに虫はいないはずじゃ？　光弥」

「マムシは虫じゃなくて爬虫類《はちゅう》……いや、俺が悪かった。放《ほう》り出して、ごめんな」

すっぱだかで抱きついてきた女は横に払って湯に沈め、紙王は桂花の着替えを手伝ってやった。髪をタオルでぬぐい、背中も拭《ふ》いてやりながら急いで身体《からだ》を調べる。

「どこも噛《か》まれてないか？」

「マムシに噛まれていたら、とっくに意識はありません」

今日はたいして薬を持ってきていなかった。女に変化《へんげ》したりヘビが出たり、さんざんだ。

ひどいわぁ、光弥さん！　と訴えている女には手だけをひらひら振り、一生懸命、紙王は機嫌をとってくれているが、疲れた……と桂花は思っていた。

「もう、うちに帰りませんか？　それとも別のところに行きたい？」

「うちって、俺らの？　なんにもないだろ今。メシぐらいどっかでさ」

湯穴の周囲には灯《ひ》がともされ、旅籠《はたご》まで安全に戻れるよう、案内の人間もいるようだ。

「吾《わたし》はいいです。あなたの食事をどこかで買って帰りませんか」

「俺よりおまえだ。城じゃ、あまり食ってないだろ。南の味が嫌なら花街でも……」

柢王の手からタオルを奪って自分で拭《ふ》きながら、桂花は無言で首を振る。

こういうことでは我を張ろうとしない桂花にしては珍しい。甘えているのだ、これでも。

柢王はさっさと自分も服をつけた。

レイラにゴミとり網とタオルを一枚渡し、マムシの処理を頼むと、濡《ぬ》れたタオルをくるんでまとめ、それに桂花から借りた紐《ひも》を通して肩にかつぐと、まだ変化《へんげ》中の桂花を片手に抱いて上空に飛んだ。


さんざんな温泉初体験だった。こんなはずじゃなかったのに。

桂花はずっとおとなしい。柢王が全速力で飛んでいる結界《けっかい》の中で身をまかせている。

南の温泉情報がかなり変わっていたことと、十日間の療養で、すっかり遊びの勘が狂ってしまったことに軽く落ちこみつつ、柢王は尋《き》くだけ尋いてみた。

「なんか欲しいものないか？　今夜のメシじゃなくて、靴とか、耳飾りとか」

「べつに」

天界には、人間界よりも洗練された物や珍しい物がたくさんある。いざとなったら王子で元帥《げんすい》の自分の手に入らないものはない。でも桂花は、天界に最初に連れてこられたときから、なにも欲しいものなどないと言い続けている。

「あなたこそ、ようやく元気になったんだし、お酒が飲みたいんじゃありませんか？」

「いや」

「買って帰らないと、うちにはありませんよ。薬酒しか」

どんな姿になっても桂花は変わらない。気にするのは、いつも自分のことよりも……。

「俺の全快祝いじゃなくて、今日はおまえのための慰安だって言ってんだろ」

「楽しかったですよ。今度は冰玉も連れていってやりましょうね」

「次はもっと念入りに調べておくさ」

女の身体《からだ》になんかならなくても、いつものままの姿で、くつろげる場所を。

すごい美女だと褒《ほ》めても、桂花が喜ぶはずなどないのだ。

こんな姿は、自分以外の天界人とよけいないざこざを起こさないためで、二人きりなら必要ないものなのだから。

「次に来るときは、身体の刺青《いれずみ》が、湯の中でどう変わるか見たいな」

「消えるだけですよ。吾《わたし》の血は白いから、血管が白く浮いて気持ち悪いかもね」

だから今日は、天界人の身体《からだ》になっておけて、ほっとしたのだと。

どこまでが気づかいで、どこまでが本音なのか、未《いま》だに柢王ははかれないことがある。

まだまだ自分は桂花のことで知らないことが多すぎるなと、抱きしめる背中をたぐると、小さな子供のように、腕の中の身体が頬《ほお》をすり寄せた。


二人だけで暮らしている家は、東領の東端寄りにある。

元は蒼龍王《そうりゅうおう》が視察の宿にしていた離宮のあった場所。老朽化が進み、父王が使わなくなってからは柢王の隠れ家だった。

離宮を壊したのは、一年と少し前。

柢王は自分の霊力を地面に注ぎ、地下に眠っていた樹木の根を成長させて家を支える柱にすると、どこかから木材を安く仕入れてきてこの家を建てた。

小屋という呼び名がふさわしいばかりの家は、寝室のほかに、もう一部屋あるほかは、納屋《なや》と台所だけという、つつましい空間だ。王子の住むような場所ではない。

でも柢王の霊力が注がれた家なので、留守中でも兵士や元帥《げんすい》クラスの武将程度の霊力を持つ者では足を踏み入れられないし、なにかを投げ入れることはできない。

自由に出入りできるのは、桂花と柢王と冰玉だけだ。

桂花にとっては、天界で一番安心できる場所だった。

短い旅から到着した二人は、家から五十歩ほど離れた場所に着陸した。

このあたりには身を潜められる場所は家屋の陰と後ろの森だけなので、用心のために。

二人きりで暮らしている以上、どんなときも警戒は怠れない。

「あー、たった十日留守しただけなのに草が伸びてますね。天界の植物は成長が早いな」

「魔界や人間界は遅いのか？」

桂花は植物の知識が深く、自前で薬草を使った薬が作れる。

人間界で柢王に捕まるまでは、薬剤師として各地を回りつつ李々の消息を追っていた。

李々は、ある日突然、人間用語で『神隠し』にでもあったように忽然《こつぜん》と姿を消したのだ。

「魔界の植物は、地面に生えている雑草でも、寿命が長いわりにはあまり成長しません。光を養分にして育つ種ではありませんが、やつらも水分は欲しがるので、あまり雨の降らない魔界では極力、草木が内にためた栄養を、成長するためには使わず、温存のために使うみたいですね」

「へぇ。種を落として種族を増やしたりしないってことか？」

「ええ。滅多《めった》にしませんが、寿命を感じたときに、ひとつの木が一気に実を落としたり、花粉を飛ばすらしいですよ。最後の力でね」

「吾《わたし》は狭い地域の土地しか知りませんが、吾のいたところは寒暖が厳しくて、春から冬までの命でした。次の年の成長を待つために、根が地面の上のものを切り捨てるみたいな」

今あるすべてを守るために成長しない命と、新たに向かって、外に出したものを切り捨てる命。

それは魔界と人間界の、それぞれ命に対する象徴なのだろうか。

「人間界の草は？」

魔界にも太陽も星も月もない。

たまに雨が降り、雪の降る土地もあるが、土がカラカラに渇いて干上がる土地もある。

気候は調節されているものではなく、不思議な法則でたまに廻《まわ》ってくる。

「魔界は時間を計る術《すべ》も、約束も必要としない」

天に見放された地。

それが魔界だ。

桂花は自分の生まれた地を懐《なつ》かしむことはないが、今の自分の生活と比べて考えこむことはあるようだった。

天界と魔界なら、物の豊かさでは断然、天界が勝《まさ》っている。

しかし、今の生活のほうがいいと思っているからか、煩わしいと思っているからか……

どちらの感情がより多く桂花に働いているのか、柢王は口に出して尋《き》いたりはしない。

人間界や魔界のほうがいいとは、決して桂花は言わないからだ。それを口にすれば柢王が困ることを彼はわかっている。

だから柢王も無神経に尋《き》いて、嘘《うそ》をつかせるかもしれない状況にはしたくなかった。

家の前に立って、桂花は空をぼんやりと眺め回した。

黒々とのしかかるような天には一筋の光もないが、天界の草は闇《やみ》に包まれると、わずかに発光するので歩くときの目安にはなる。

「……人間界の夜とは逆なんですよね」

「そうだな。地上の星が夜草だもんな」

「人間界ではね、空の星が方位を示す道具に使われたりもするんですよ」

測量を趣味にしていた人間の男と、しばらく桂花は旅をしたことがある。飽きるまで肌を重ねたその男に、夜道で迷ったときの位置確認の仕方を習った。

柢王の造った家の前は、見渡す限りの平原だ。

家の後ろに小さな森があって涌《わ》き水《みず》がある。平原は夜になると、小さい宝石がきらきら揺れる水面《みなも》のように生まれ変わる。

強い風が起これば光は左右に首を振り、昼間よりずっと目を刺す毒々しさをまき散らす。

「ティアがさ、昔、夜を怖がっていたんだ」

「守天殿が？」

桂花の手を握り、柢王は草むらに腰を下ろした。

空を飛んでいたときは、戻ったらすぐ寝台に桂花を連れこみたいと思っていたのに、もう少しこのままここにいてもいい気分だ。

「あいつを誘拐しようなんて天界人はいない。天主塔《てんしゅとう》の庭も兵士が巡回してる。でもなんでだか、執務室《しつむしつ》のバルコニーに出て庭を見ていたら気分が悪くなったんだと」

「原因は？」

「さあ……。けど、それからしばらく夜になったら幕布を引いて外を見ないようにしていたようだ。アシュレイが夜中に城出して訪ねてくるようになるまでは」

柢王はこうやってときどき、守天のことを桂花に話す。

魔族の桂花には、天界で頼れる存在などほとんどないに等しいが、守天は信じてくれていいからと言葉の中にこめるように。

ほんのときたま、アシュレイの名も混ぜながら。

「あいつがなんて言って、ティアの気持ちをほぐしたのかはわかんねーけど、たぶん自分でも気がつかないうちにって感じじゃねぇかな、アシュレイなら」

桂花はそれには答えない。耳に入れるが納得はできていないからかもしれない。

でも柢王が肩を抱き寄せると、治った怪我《けが》の場所を気にしつつ身をまかせてくる。

柢王は療養中どこにも行かず、桂花の手から食事をし、包帯を替えてもらい、ほとんど二人きりで過ごしていたが、腕の中の恋人は一度として安心した表情は見せなかった。

「ほんとにごめんな。心配かけてさ」

「まったくです」

ふふ、と笑って柢王の腕をとり、自分の身体《からだ》をくるむようにした桂花に、柢王は積極的に力をこめて応《こた》えた。ようやく拝めた桂花の笑顔だ。

桂花にはこれまで何度も危機を救ってもらっている。

そんなものがなくても、そばにいてほしいことに変わりはないけれど、桂花自身が自分の存在をあまりにも過小評価していることが、ときどき柢王はやりきれなくなる。

「使《つか》い女《め》達の最近はやりの遊びで『なにかひとつしか持ち出せずに、国から出ていかなければならないとき、なにを持っていくか』っていうの、知ってるか？」

「いいえ」

「その答えで性格診断をするそうだ。おまえなら、なにを持ち出す？」

「……お金ですかね」

「ふーん」

いたずらっぽい笑いが浮かぶと、炯々《けいけい》と輝く紫水晶の双眸《そうぼう》が慌《あわ》てて訂正してくる。

「やっぱり薬。どんな病気もたちどころに治る薬ですね。天界人なら聖水なのかな」

「ふんふん」

「なんです、その笑い方。だいたいね、天界人の性格診断占いなんでしょう？　吾《わたし》には当てはまりませんよ。あなたはどうなんです」

「んー、俺か。俺も当てはまらなかったからな」

天界人のくせに当てはまらない答えなんてあるのだろうか。

視線を落として探るように柢王の答えを考えてみた桂花は、たったひとつ、診断ができないものがあることに気づいた。

「……吾……ですか？」

「うん、正解」

もしかしたらと思いつつ尋《き》いてみたものの、こんなにあっさりうなずかれると、桂花も自分の出した答えを弁解したくてたまらなくなる。

「あなたがそんなに安易だから吾は……」

「そう。おまえといれば俺は、水にも薬にも不自由しなくていいってことだろ」

「身ひとつで来るんだから、少しは遠慮しなさいよ」

そのとたん、しまった！　と桂花の瞳《ひとみ》が揺れたのを柢王は見逃さない。間髪おかず、自分から地面に背を倒し、桂花のことも引きずり倒す。

「そういうこと言う奴《やつ》は自分もそう思ってるものだと、いつもおまえ言うよな」

桂花はまだ変化《へんげ》を解いていなかった。女の身体《からだ》で柢王と経験してみてもいいか、と思っていたからだ。

薄い布地ごしに、たわわに揺れるふくらみを摑《つか》まれ、その手の指に胸の先をはさまれると、いつもより強烈な痺《しび》れがそこを中心に放射していく。

「……んっ……く……」

掌《てのひら》を地面につき、桂花は腕を伸ばして柢王の身体《からだ》との間にすきまを作る。そのほうが、さわりやすいはずだ。柢王の苛立《いらだ》ちを、これで紛らせるなら、と。

「身ひとつで、おまえがここにいるのは、俺の都合に合わせたからだろ。桂花」

「……そんなこと思ってません。さっきのは冗……」

その瞬間、ひときわ大きな声があがる。

「あうっ！」

胸がちぎれるかと思った。だが桂花はなにも言わない。耐えている表情に恐怖や嫌悪《けんお》の色はなかった。

柢王はまっすぐに、声を我慢している恋人を見つめる。

もっと自分の価値をわかってほしい。武将である俺にとって、かけがえのない武器であり、最高の相棒なんだともっとうぬぼれてほしい。

言葉にして桂花が安心するなら、いくらだって言う。耳が溶けるまで言ってやる。

でも彼は二年前まで、運命も約束も知らない生き物だった。

唯一の仲間である李々との突然の別れが、真実だと信じていたものがふいに形を変えること、時の流れとともに気持ちが移ろうものなのだと、桂花の心に擦《す》りこんでしまった。

本気で求めれば『絶対』は手に入るのだ、と。

柢王が、それを求めて桂花を選んだあとに知った、彼の過去。

だから急《せ》かすつもりはない。

時間はまだあるからと、いつも自分に言い聞かせている。でもさっきの言葉は……。

「……もっと……そっとして。この身体《からだ》は初めてな……っ……ん」

シャツをたくしあげ、なめらかなふくらみを掌《てのひら》に包んでいた柢王は、気づかないうちに自分が乱暴に桂花の身体を扱っていたことを知った。

「ごめん」

ほんの少し力を入れただけでも、女の身体は壊れそうになる。

桂花が女でも自分は一目で恋に落ちたろうと、柢王は確信している。

でも今のような関係は築けず、ただ翻弄《ほんろう》されて追い続け、親の側女《そばめ》だろうが忍びこんで奪うことしかできなかったかもしれない。

死と隣り合わせの武将の隣に、常にいてほしいなどとは言えなかったはずで。

「変化《へんげ》を解けよ」

「え?」

「この身体《からだ》だと、本気出したら壊れちまうだろ」

「壊れてもいいのに。吾《わたし》のものなら、あなたは自由にしていいのに」

「いいから、ほら」

シャツを剝《は》ぐと胸に浮き出ていた二つの山が、見ている前で平らに戻っていく。

柢王の前で、裸のまま変化《へんげ》したのは桂花の身体が初めてだった。守天やアシュレイがそれをするときは服を着ていた。

紫微色《しびいろ》の肌と色素の抜けた髪のいつもの桂花が、戸惑った様子で柢王を見下ろしている。

「……胸、痣《あざ》になりかかってる。ごめんな。わざとじゃない。気がつかなくて」

「よく見えますね」

草のせいか、と桂花は苦笑した。

うっかりしていたという口調だった。

柢王の心に広がりかけていた闇《やみ》より昏《くら》い闇が、風に払われたのはそのときだ。思っているよりも桂花は、くつろいでいるのかもしれないと柢王は感じた。

普段の桂花なら、状況に答えがついてくるのがあたりまえで「うっかり」はありえない。

柢王は着ていた上着を脱いで草に敷くと、桂花の首の後ろを腕で支えながら、そっと寝かせた。

「さっきより遠慮してませんか？」

「大切にしたいのと、遠慮は違うぜ」

「ぬけぬけと、そんな言葉がよく出てくるものですね。なのにさっきはずいぶん、レイラにそっけなくて」

助かったと感激して抱きついてきたのを払いのけ、あまつさえ、風呂《ふろ》の掃除に慣れているとはいえ後始末を任せてきた態度は、この男にしては珍しかったように思う。

「おまえこそ、自分ひとりなら逃げられただろうが」

マムシは毒を持っている。天界人なら素早く聖水で消毒すれば腫《は》れる程度だが、桂花は聖水が使えない。あそこから天主塔に駆けこんでも、その間に毒が身体《からだ》中に回ってしまえば死んでいたかもしれない。

「なんか、李々を思い出して」

レイラの赤くて長い髪が懐《なつ》かしかったのだと聞いて、柢王は溜《た》め息《いき》をつく。

そんなところだろうと、予想していた顔。

「彼女にそっけなかったか、俺」

「自覚ないんですか」

「っていうか、俺があれだけおまえにベタ惚《ぼ》れだって見せつけてて、あれはイヤミだろ。俺は女と見れば誰にでもやさしい男じゃないぞ。思いやりのない女は嫌いだ」

それにしても、今日は余裕がなかったように桂花には見受けられた。

それでも、ことさら口にする必要はないと思って感謝した。

「いいか、次はさっさと逃げろよ」

「はい、はい」

寒い……と桂花が腕を伸ばす。どさりと全身で覆いかぶさってきた身体《からだ》も冷えている。でもすぐに暑くなるはずだ。自分も彼も。

魔界にある魔風窟《まふうくつ》で、今も隠れ暮らしていたら、決して知ることはなかっただろう熱。これは魔族が生涯知らないまま終わるかもしれない熱さだった《真実》の生む熱だ。

昔の自分は不幸だったと、柢王と抱き合うたびに感じていると言ったら、この男はどんな顔をするだろう。

桂花はそう思いながら、そっと口を開き、嚙《か》みつくようなキスを受け止めた。

柢王は桂花の肩を腕の中できつく絞るようにして抱いていたが、桂花が口づけをさらに深くしてもらいたがっているのを感じると、腕を解いて両手で頰《ほお》を包みこんだ。

今度も、壊れものでも扱うかのように。

柢王が顔を引き寄せてすくいとるような技巧を舌にのせると、その動きに合わせて桂花の息つぎは艶《なま》めかしく変わっていく。

風から自分をガードしている背中に桂花は手を広げて、丸く大きな円を描いていた。大きな円の中を塗りつぶすように撫《な》で続《つづ》け、また円を広げるように撫でていく。

「俺の前じゃ、この十日着替えもしなかったな、おまえ」

「身体《からだ》は拭《ふ》いていましたよ」

「俺に隠れてな？」

口づけも拒んでいたのに裸をちらつかせるほど、桂花も意地が悪いつもりはなかった。それにそんなことをすれば、柢王の寝台にひっぱりこまれるのは予想できた。

「欲しかったのは俺だけじゃないよな？」

「吾《わたし》もです。さっきだって、人が来てもやめなくてよかったんだ」

話している間はキスできないが、柢王の唇はじっとりと、芸術的なまでに美しく浮いている刺青《いれずみ》の上を舐《な》めてなぞっている。これは生まれたときから肌にあったものだ。

密着している下肢は、もうとっくにお互い、痛いほどはりつめていた。

「こら、さわるなよ」

柢王の男の象徴に、こっそり指を絡《から》めようとしていた桂花の手を柢王が押さえつける。

「ひさしぶりなんだ……さわっていたい、あなたに」

「おまえが気を失ってもやめないつもりだけど、俺は」

「意識がなくなるなんてもったいないから、起こしてくださいね」

胸を吸われた桂花が、頭の上に放《ほう》り出《だ》していた手で握った草を千切る。土から抜かれると急激に光を失った草は、風に流れて柢王の顔に飛んできた。

ぎりぎり桂花の顔はよけて、柢王が大きくクシャミした。と同時に、柢王の下肢に絡《から》みついていた手には熱い体液がふりかかっていた。

「……」

「もったいなかったですね」

クシャミさせた責任はとると言わんばかりに、復活を目指してこすりたてた手が動きやすいよう、柢王も自分と桂花の身体《からだ》の間隔を開け、愛撫《あいぶ》の濃さを競うように、桂花の肌の上に、刺青《いれずみ》よりも濃い吸い跡を散らしていく。

男のツボを心得た手淫《しゅいん》にほどなくして漲《みなぎ》ったものを、桂花は下肢にもぐりこむようにして口に含んだ。熱を帯びたビロードのような舌が柢王に絡みつく。焦《じ》らしてじっくりと、執着するように丁寧に。凶器が育てられる。これ以上ない、やさしい感触で。

どちらのものかわからない汗が、互いの肌をしっとりと覆っている。

こうなるともう、細やかな動きというものは柢王にはなかった。抱えこんだ桂花の狭さに息を詰めて耐えたのは最初だけで、一度達しても桂花の内で大胆に追い上げた。

気が遠くなるほど、そのままの姿勢でいた。休むことも会話もなかった。

桂花は気絶していたかもしれない、何度かは。気の狂うような激しさ、熱さに喘《あえ》ぎ声《ごえ》すら途中からなくなる。

ただ一点で……ほかのなにも考えられないほど、確かなものを確認し合う獣になった。

目が覚めたのは、翌日の夕刻。

朦朧《もうろう》とした桂花を抱え、柢王が寝台にたどりついたのが、空が明るくなってからで、窓の木戸を閉めきり、全裸で寝布に重なったまま寝倒した。

起きてからも腰以外の部位は重く、背筋を伸ばすだけで背骨がみしみしときしみ、甘い怠《だる》さが全身に広がっていた。だがそれは別名、充足感ともいう。

ともあれ、暗くなる前に柢王を引きずっていき、軍部の兵舎に顔出しさせた桂花には、一泊二日の慰安は、かなり効果があったようだ。

東の結界石が割れる前日、ようやく柢王元帥《げんすい》とその側近は軍に復帰したのだった。

あとがき

ついに始まってしまいました。『邪道』リニューアル文庫化が。

今年内に三巻まで発行するのが目標です。こんにちは、川原《かわはら》つばさです。

ここから先に読まれている方のためにネタバレはしませんが、全文書き直し・新たなエピソードと挿絵の描《か》き下ろしも加わってのリニューアルでした。

キャラへの愛と作品構成はパワーアップできたつもりですが、以前の新書サイズから愛してくれている方にはいかがでしたか？

新書にはなかったエピソードに「えーっ、なんで！」と言われないといいのですが。

『邪道シリーズ』は現在、漫画でも五冊発行されています。

豪華でパワフル、華麗で可憐《かれん》という、息もつかせぬ画面構成でキャラクター達を微妙な匙加減《さじかげん》で表現しているのは、この本でも挿絵をしてくれている、沖麻実也《おきまみや》さん。

種をまいたら、ある程度は庭の一画を占めることとなる風景が目に浮かぶものですが、予期せぬスペースまで花が咲きこぼれるように、絵で原作をなぞった中から、もっと深い感情が舞い落ちることがあります。

ストーリーは同じでも、徐々に内容が膨らんで、絵にした以上の温かい色合いと空気が広がる。原作を知っていてもハラハラしてしまう映画化や漫画化は、コラボレーションの成功例だと思います。

沖さんとタッグを組んで、この作品を、漫画と小説両方から、海外に発表できたおかげで、海外読者の方から「日本語を勉強し始めました」というお手紙までいただけました。

漫画の『無限抱擁』は、私と沖さんにとって「『邪道』では、これ以上ない作品」になるよう、二冊分かけてたっぷりと練った作品です。何度読んでもラストにくると、身体《からだ》の中にやさしい気持ちが広がり、同時に胸が締めつけられる思いになります。

漫画のための原作書き下ろしで、かなり視覚的に訴える方法を勉強できましたが、そのせいで、今回の小説リニューアルはそれ以上の苦しみを味わい、迷いながら書きました。

ちなみに。漫画用に書いた原作を、今回そのまま流用しているわけではありません。

『無限抱擁』は、これで四回書き直されたことになります。（新書の会社で雑誌発表・新書発行・漫画原作・ホワイトハート刊）

完結のシーンは、私の中で何年も前から決まっているので、あとは乏しい文章力でどこまでドラマチックに表現できるか、どんなセリフで登場人物達の心の声を訴えていけばいいのかだけが今後の課題です。

……今の私の願いは、ともかく物語が終わるまで病気と事故には注意すること。キャラが「運命」にとりこまれたまま、ループした人生を送らないためにも。

漫画は漫画のオリジナルストーリー（小説にはない物語）が続きますが、小説は講談社さんでケリをつけられるよう、鋭意努力していきたいと思っています。

長年、続きを待っていてくださった方も、この本で初めて知ってくださった方も、どうぞよろしくお願いします。

ではまた次巻で、お会いできると嬉《うれ》しいです。

川原つばさ

ここで、嬉しいお知らせがあります。

文庫リニューアルを祝って、非売品の小冊子が期間限定で、無料でもらえてしまいます。

『邪道』シリーズの一～三巻の文庫についているオビの見返しにある「応募券」を各一枚

ずつ集めて、《三巻のあとがき》に掲載される方法で申し込んでね。
二巻も、三巻も年内発行予定。お忘れなく。
●郵便事故の問い合わせを一切なくすために、発送は宅配の伝票控えが残るかたちとなります。
●発送料のみ、応募者の方の負担となります。（全国一律、五百円）
●郵便局留めも利用できますが、送料は一緒。三巻のあとがきを見てから決めてね。
●ホワイトハート編集部には、この件で問い合わせをしないでください。
●詳細は現時点では未定。表紙・挿絵描《か》き下ろし。マンガちょっとあり？　小説は文庫に再録なしというぐらいしか決まっていません。
●同人誌即売会で売る本ではありません。イベントでは販売しません。
●応募券はフルカラーコピーしても、無効となります。
●申し訳ありませんが、国内発送のみとさせていただきます。

川原つばさ先生の『邪道　無限抱擁[上]』はいかがでしたか？
川原つばさ先生、沖　麻実也先生への、みなさまのお便りをお待ちしています。

川原つばさ先生へのファンレターのあて先
〒112-8001　東京都文京区音羽2-12-21　講談社　X文庫「川原つばさ先生」係
沖　麻実也先生へのファンレターのあて先
〒112-8001　東京都文京区音羽2-12-21　講談社　X文庫「沖　麻実也先生」係

N.D.C.913　244p　15cm

川原つばさ（かわはら・つばさ）
1992年、デビュー。代表作に『東京ナイトアウトシリーズ』『泣かせてみたいシリーズ』『プラトニック・ダンス』など、他多数。趣味は、天然素材を使った香水作りやウィンドーショッピング、クマぬいぐるみ収集など。
【邪道HP】http://www.ja-dou.com/
【ローザリウム】http://www.rosarium-tk.com/
【海外用HP／English&中国語】
http://www.rosarium-tk.com/overseas/index.html

講談社X文庫

white heart

邪道《じゃどう》　無限抱擁《むげんほうよう》上《じょう》

川原《かわはら》つばさ

●

2004年9月5日　第1刷発行

定価はカバーに表示してあります。
発行者——野間佐和子
発行所——株式会社 講談社
東京都文京区音羽2-12-21 〒112-8001
電話 編集部 03-5395-3507
販売部 03-5395-5817
業務部 03-5395-3615
本文印刷—豊国印刷株式会社
製本———株式会社千曲堂
カバー印刷—半七写真印刷工業株式会社
デザイン—山口 馨

ISBN4-06-255751-7

原稿大募集!

いつも講談社X文庫をご愛読いただいてありがとうございます。X文庫新人賞は、プロ作家への登竜門です。才能あふれるみなさんの挑戦をお待ちしています。

1
X文庫にふさわしい、活力にあふれた瑞々しい物語なら、ジャンルを問いません。

2
編集者自らがこれはと思う才能をマンツーマンで育てます。完成度より、発想、アイディア、文体等、ひとつでもキラリと光るものを伸ばします。

3
年に1度の選考を廃し、大賞、佳作など、ランク付けすることなく随時、出版可能と判断した時点で、どしどしデビューしていただきます。

X文庫はみなさんが育てる文庫です。
プロデビューへの最短路、
X文庫新人賞にご期待ください!

X文庫新人賞

●応募の方法

資　格　プロ・アマを問いません。

内　容　X文庫読者を対象とした未発表の小説。

枚　数　必ずテキストファイル形式の原稿で、40字×40行を1枚とし、全体で50枚から70枚。縦書き、普通紙での印字のこと。感熱紙での印字、手書きの原稿はお断りいたします。

賞　金　デビュー作の印税。

締め切り　応募随時。郵送、宅配便にて左記のあて先まで、お送りください。特に締め切りを定めませんので、作品が書き上がったらご応募ください。

特記事項　採用の方、有望な方のみ編集部より連絡いたします。

あて先　〒112-8001　東京都文京区音羽2-12-21
講談社X文庫出版部　X文庫新人賞係

なお、本文とは別に、原稿の1枚目にタイトル、住所、氏名、ペンネーム、年齢、職業（在校名、筆歴など）、電話番号を明記し、2枚目以降に1000字程度のあらすじをつけてください。

原稿は、かならず通しナンバーを入れ、右上をひも、またはダブルクリップで綴《と》じるようにお願いします。また、2作以上応募される方は、1作ずつ別の封筒に入れてお送りください。

応募作品は返却いたしませんので、必要な方はコピーを取ってからご応募願います。選考についての問い合わせには応じられません。

作品の出版権、映像化権、その他いっさいの権利は、小社が優先権を持ちます。